ACEITA-ME

TAHEREH MAFI

ACEITA-ME

São Paulo
2024

Believe Me
© 2021 by Tahereh Mafi
All rights reserved

© 2022 by Universo dos Livros
Todos os direitos reservados e protegidos pela Lei 9.610 de 19/02/1998.
Nenhuma parte deste livro, sem autorização prévia por escrito da editora, poderá ser reproduzida ou transmitida sejam quais forem os meios empregados: eletrônicos, mecânicos, fotográficos, gravação ou quaisquer outros.

Diretor editorial: **Luis Matos**
Gerente editorial: **Marcia Batista**
Assistentes editoriais: **Letícia Nakamura e Raquel F. Abranches**
Tradução: **Monique D'Orazio**
Preparação: **Nathália Ferrarezi**
Revisão: **Aline Graça e Nestor Turano Jr.**
Capa: **Colin Anderson**
Foto de capa: **Sharee Davenport**
Arte e Adaptação da capa: **Renato Klisman**
Projeto gráfico: **Aline Maria**

Dados Internacionais de Catalogação na Publicação (CIP)
Angélica Ilacqua CRB-8/7057

M161a   Mafi, Tahereh
         Aceita-me / Tahereh Mafi ; tradução de Monique D'Orazio. –– São Paulo : Universo dos Livros, 2022.
         176 p. (Estilhaça-me)

         ISBN 978-65-5609-192-1
         Título original: *Believe me*

         1. Ficção norte-americana 2. Distopia – Ficção

         I. Título II. D'Orazio, Monique

22-1149   CDD 813.6

Universo dos Livros Editora Ltda.
Avenida Ordem e Progresso, 157 – 8º andar – Conj. 803
CEP 01141-030 – Barra Funda – São Paulo/SP
Telefone/Fax: (11) 3392-3336
www.universodoslivros.com.br
e-mail: editor@universodoslivros.com.br
Siga-nos no Twitter: @univdoslivros

Um

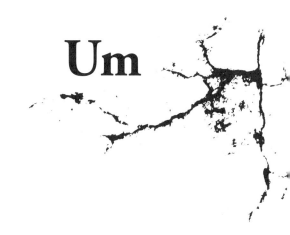

A parede é extraordinariamente branca.

Mais branca do que o habitual. A maioria das pessoas pensa que as paredes brancas são realmente brancas, mas a verdade é que elas apenas parecem brancas e na verdade não são. A maioria dos tons de branco é misturada com um pouco de amarelo, o que ajuda a suavizar a dureza de um branco puro, tornando-o mais parecido com um cru, ou marfim. Vários tons de creme. Clara de ovo, até. O branco verdadeiro é praticamente intolerável como cor, então o branco é quase azul.

Essa parede, em particular, não é tão branca que possa ser ofensiva, mas um tom de branco bastante nítido para despertar minha curiosidade, o que não é nada menos que um milagre, na verdade, porque eu o encaro a maior parte de uma hora. Trinta e sete minutos, para ser exato.

Estou sendo feito de refém por costume. Formalidade.

— Mais cinco minutos — diz ela. — Prometo.

Ouço o farfalhar do tecido. Zíperes. Um tremor de...

— Isso é tule?

— Você não deveria estar ouvindo!

— Sabe, meu amor, me ocorre agora que vivi situações reais de cativeiro muito menos torturantes do que isso.

— Ok, ok, já foi. Está embalado. Eu só preciso de um segundo para colocar minhas roup...

— Isso não será necessário — digo, me virando. — Certamente nesta parte, eu deveria poder observar.

Eu me inclino na parede extraordinariamente branca, estudando-a enquanto ela franze a testa para mim, seus lábios ainda abertos em torno da forma de uma palavra que ela parece ter esquecido.

— Por favor, continue — eu digo, indicando com um aceno de cabeça. — Isso que você estava fazendo antes.

Ela se demora por um momento mais longo do que é honesto, seus olhos se estreitando em uma demonstração de frustração que é pura fraude. Ela agrava essa farsa segurando uma peça de roupa no peito, fingindo pudor.

Eu não me importo, nem um pouco.

Bebo sua visão, suas curvas suaves, a pele macia. Seu cabelo é lindo em qualquer comprimento, mas anda mais longo ultimamente. Longo e escuro, sedoso contra a pele dela — e quando tenho sorte — contra a minha.

Lentamente, ela deixa cair a camisa.

De repente eu me levanto, fico mais reto.

— Eu deveria usar isso por baixo do vestido — diz ela, sua raiva falsa já esquecida. Ela mexe com a estrutura de um espartilho cor de creme, os dedos demorando-se distraidamente ao longo das cintas-ligas, as meias enfeitadas com rendas. Ela não consegue encontrar meus olhos. De repente, ela fica tímida e, desta vez, é real.

Você gosta?

A pergunta não dita.

Imaginei, quando ela me convidou para este provador, que era por razões que iam além de eu encarar as variações de cores em uma parede branca incomum. Achei que ela me queria aqui para ver alguma coisa.

Para vê-la.

Vejo agora que estava certo.

— Você é tão linda — elogio, incapaz de remover o espanto da minha voz. Eu ouço o maravilhamento infantil no meu tom, e isso me envergonha mais do que deveria. Eu sei que não deveria ter vergonha de sentir profundamente. De me sentir comovido.

Ainda me sinto estranho.

Jovem.

Ela diz baixinho:

— Sinto como se tivesse estragado a surpresa. Você não deveria ver nada disso até a noite de núpcias.

Meu coração realmente para por um momento.

A noite de núpcias.

Ela diminui a distância entre nós e enlaça meus braços, me libertando da minha paralisia momentânea. Meu coração bate mais rápido com ela aqui, tão perto. E embora eu não saiba como ela percebeu que, de repente eu precisava da reconfirmação do seu toque, sou grato. Solto a respiração, puxando-a totalmente contra mim, nossos corpos relaxando, lembrando um do outro.

Pressiono meu rosto em seus cabelos, inspiro o doce aroma de seu xampu, de sua pele. Faz apenas duas semanas. Duas semanas desde o fim de um mundo antigo. O começo de um novo.

Ela ainda parece um sonho para mim.

— Isso está realmente acontecendo? — eu sussurro.

Uma batida forte na porta faz minha coluna se endireitar.

Ella faz uma careta ao ouvir o som.

— Sim?

— Sinto muito incomodá-la agora, senhorita, mas há um cavalheiro aqui que deseja falar com o sr. Warner.

Ella e eu travamos o olhar.

— Ok — ela diz rapidamente. — Não fique bravo.

Meus olhos se estreitam.

— Por que eu ficaria bravo?

Ella se afasta para me olhar melhor nos olhos. Seus próprios olhos são brilhantes, bonitos. Cheios de preocupação.

— É o Kenji.

Forço uma onda de raiva tão violenta que acho que provoco um derrame em mim mesmo. Fico zonzo.

— O que ele está fazendo aqui? — consigo dizer. — Como diabos ele sabia como nos encontrar?

Ela morde o lábio.

— Trouxemos Amir e Olivier com a gente.

— Entendo. — Levamos guardas extras, o que significa que nossa excursão foi publicada no boletim de segurança pública. Claro.

Ella faz que sim.

— Ele me encontrou logo antes de sairmos. Estava preocupado... queria saber por que estávamos voltando para as antigas terras regulamentadas.

Tento dizer algo então, para expressar em voz alta meu espanto pela incapacidade de Kenji de fazer uma dedução simples, apesar da abundância de pistas contextuais bem diante dos olhos dele — mas ela levanta um dedo.

— Eu disse a ele — ela continua — que estávamos procurando roupas para substituir e lembrei que, por enquanto, os centros de suprimentos ainda são os únicos lugares para comprar comida ou roupas ou... — ela acena, franze a testa — ... qualquer coisa, no momento. De qualquer forma, ele disse que tentaria nos encontrar aqui. Ele disse que queria ajudar.

Meus olhos se arregalam um pouco. Sinto outro golpe vindo.

— Ele disse que queria *ajudar*.

Ela confirma.

— Impressionante. — Um músculo pulsa na minha mandíbula. — E engraçado também, porque ele já ajudou muito... ontem à noite ele nos ajudou bastante destruindo meu terno e seu vestido, nos forçando a comprar roupas agora de uma... — olho em volta, gesticulo para nada em especial — ... de uma loja no mesmo dia em que devemos nos casar.

— Aaron — ela sussurra. Ela se aproxima mais uma vez. Coloca a mão no meu peito. — Ele está se sentindo péssimo com isso.

— E você? — pergunto, estudando seu rosto, seus sentimentos. — *Você* não se sente péssima? Alia e Winston trabalharam tanto para fazer algo bonito para você, algo feito sob medida...

— Eu não ligo. — Ela encolhe os ombros. — É apenas um vestido.

— Mas era o seu vestido de noiva — eu insisto, minha voz falhando agora, praticamente quebrando.

Ela suspira, e no som eu ouço seu coração se partir, mais por mim do que por si mesma. Ela se vira e abre o zíper da enorme bolsa de roupas pendurada em um gancho acima da cabeça.

— Você não deveria ver isso — diz ela, puxando os metros de tule da bolsa —, mas acho que pode significar mais para você do que para mim, então... — ela se vira, sorri — ... vou deixar você me ajudar a decidir o que vestir hoje à noite.

Eu quase gemo alto com o lembrete.

Um casamento à noite. Quem diabos se casa à noite? Apenas os infelizes. Os desafortunados. Embora eu suponha que agora fazemos parte desse grupo.

Em vez de reagendar a coisa toda, atrasamos por algumas horas para termos tempo de comprar roupas novas. Bem, eu tenho roupas. Minhas roupas não importam tanto.

Mas o vestido dela. Ele destruiu o vestido dela na noite anterior ao nosso casamento. Como um monstro.

Vou cometer um assassinato.

— Você não pode assassiná-lo — diz ela, ainda puxando metros de tecido da bolsa.

— Tenho certeza de que não disse isso em voz alta.

— Não — ela responde —, mas você estava pensando, não estava?

— De todo o coração.

— Você não pode matá-lo — ela diz simplesmente. — Agora não. Nunca.

Eu suspiro.

Ela ainda está lutando para tirar o vestido.

— Me perdoe, meu amor, mas se tudo isso — aceno para a bolsa de roupas, a explosão de tule — é para um único vestido, tenho medo de já saber como me sinto a respeito.

Ela para de puxar. Se vira, os olhos arregalados.

— Você não gosta? Você ainda nem o viu.

— Já vi o suficiente para saber que, seja o que for, não é um vestido. É um conjunto aleatório de camadas de poliéster. — Inclino-me ao redor dela, pinçando o tecido entre meus dedos. — Eles não têm tule de seda nesta loja? Talvez possamos falar com a costureira.

— Eles não têm uma costureira aqui.

— Esta é uma loja de roupas — eu digo. Viro o corpete do avesso, franzindo a testa para a costura. — Certamente deve haver uma costureira. Não uma muito boa, claro, mas...

— Esses vestidos são feitos em uma fábrica — ela me diz. — Principalmente por máquinas.

Fico mais ereto.

— Você sabe, a maioria das pessoas não cresceu com alfaiates particulares à sua disposição — diz ela, um sorriso brincando nos lábios. — O resto de nós teve que comprar roupas de lojas. Pré-fabricadas. Que não servem direito.

— Sim — eu digo rigidamente. De repente me sinto idiota. — Claro. Me perdoe. O vestido é muito bonito. Talvez eu deva esperar que você prove. Dei minha opinião de forma muito apressada.

Por alguma razão, minha resposta só piora as coisas.

Ela geme, me lançando um olhar derrotado antes de se dobrar na pequena cadeira do provador.

Meu coração despenca.

Ela deixa cair o rosto nas mãos.

— É realmente um desastre, não é?

Outra batida rápida na porta.

— Senhor? O cavalheiro parece muito ansioso para...

— Ele certamente não é um cavalheiro — digo, ríspido. — Diga a ele para esperar.

Um momento de hesitação. Então, calmamente:

— Sim, senhor.

— Aaron.

Não preciso olhar para cima para saber que ela está descontente com a minha grosseria. Os proprietários desse centro de suprimentos específico fecharam a loja inteira para nós e foram extremamente gentis. Eu sei que estou sendo cruel. No momento, não consigo evitar.

— *Aaron*.

— Hoje é o dia do seu casamento — eu digo, incapaz de encontrar seus olhos. — Ele arruinou o dia do seu casamento. O dia do nosso casamento.

Ela se levanta. Eu sinto sua frustração desaparecer. Se transformar. Se alternar entre tristeza, felicidade, esperança, medo e, finalmente...

Resignação.

Um dos piores sentimentos possíveis sobre o que deveria ser um dia feliz. Resignação é pior do que frustração. Muito pior.

Minha raiva se calcifica.

— Ele não arruinou — ela diz, por fim. — Ainda podemos fazer dar certo.

— Você está certa — eu digo, puxando-a em meus braços. — Claro que você está certa. Realmente não importa. Nada disso importa.

— Mas é o dia do meu casamento — diz ela. — E eu não tenho nada para vestir.

— Você está certa. — Eu beijo o topo da cabeça dela. — Eu vou matá-lo.

Uma batida repentina na porta.

Fico rígido. Dou meia-volta.

— Ei, pessoal? — Mais batidas. — Eu sei que vocês estão superchateados comigo, mas tenho boas notícias, eu juro. Eu vou resolver isso. Vou compensar vocês.

Estou a ponto de responder quando Ella puxa minha mão, silenciando minha escaldante resposta com um único movimento. Ela me lança um olhar que diz claramente:

Dê uma chance a ele.

Suspiro quando a raiva se instala dentro do meu corpo, meus ombros se curvam com o peso dela. Relutante, eu me afasto para permitir que ela lide com esse idiota da maneira que preferir.

Afinal, é o dia do casamento dela.

Ella se aproxima da porta. Aponta para ele, indicando com o dedo a tinta branca incomum enquanto ela fala.

— É melhor que isso seja bom, Kenji, ou Warner vai te matar, e eu vou ajudar.

E então, simples assim…

Estou sorrindo de novo.

Dois

Somos levados de volta ao Santuário da mesma maneira que a todos os lugares — em um suv preto, para todo tipo de terreno e à prova de balas —, mas o carro e suas janelas totalmente escuras só nos tornam mais chamativos, o que acho preocupante. Mas, por outro lado, como Castle gosta de ressaltar, não tenho uma solução pronta para o problema, por isso continuamos em um impasse.

Tento esconder minha reação enquanto prosseguimos de carro pela área arborizada nos arredores do Santuário, mas não posso evitar minha careta ou a maneira como meu corpo trava, me preparando para uma luta. Após a queda do Restabelecimento, a maioria dos grupos rebeldes saiu do esconderijo para se juntar ao mundo...

Mas nós não.

Na semana passada, abrimos essa estrada de terra para o suv, permitindo que ele chegasse o mais próximo possível da entrada não marcada, mas não tenho certeza de que esteja fazendo muito para ajudar. Uma multidão de pessoas já se aglomerou com tanta força que não nos movemos mais do que um centímetro de cada vez. Muitos são bem-intencionados, mas gritam e batem no carro com o entusiasmo de uma multidão beligerante, e toda vez que suportamos esse circo, tenho que me forçar fisicamente a permanecer calmo. A me sentar em silêncio no banco e ignorar o desejo de remover a arma do coldre debaixo da jaqueta.

Difícil.

Eu sei que Ella sabe se proteger — ela já provou esse fato mil vezes —, mas, ainda assim, eu me preocupo. Ela se tornou notória em um grau quase aterrorizante. Até certo ponto, todos nós nos tornamos. Mas Juliette Ferrars, como é conhecida em todo o mundo, não pode ir a lugar nenhum e nem fazer nada sem atrair a multidão.

Eles dizem que a amam.

Mesmo assim, continuamos cautelosos. Ainda existem muitos em todo o mundo que adorariam trazer de volta à vida os restos emaciados do Restabelecimento, e assassinar um herói amado seria o começo mais eficaz desse esquema. Embora tenhamos níveis sem precedentes de privacidade no Santuário, onde as proteções visuais e sonoras de Nouria ao redor do terreno nos concedem liberdades de que não desfrutamos em nenhum outro lugar, não conseguimos esconder nossa localização precisa. As pessoas sabem, no geral, onde nos encontrar, e essa pequena informação as alimenta há semanas. Os civis esperam aqui — milhares e milhares deles — todos os dias.

Por não mais do que um vislumbre.

Tivemos que colocar barricadas no lugar. Tivemos que trazer segurança extra, recrutando soldados armados dos setores locais. Esta área é irreconhecível em relação ao que estava há um mês. Já é um mundo diferente. E sinto meu corpo ficar sólido quando nos aproximamos da entrada. Quase lá agora.

Olho para cima, pronto para dizer algo...

— Não se preocupe. — Kenji sustenta seu olhar com o meu. — Nouria aumentou a segurança. Deve haver uma equipe de pessoas esperando por nós.

— Não sei por que tudo isso é necessário — diz Ella, ainda olhando pela janela. — Por que não posso parar por um minuto e conversar com eles?

— Porque da última vez que você fez isso, você quase foi pisoteada — diz Kenji, exasperado.

— Apenas uma vez.

Os olhos de Kenji se arregalam de indignação e, nesse ponto, ele e eu estamos de pleno acordo. Eu me encosto mais para trás e vejo como ele conta com os dedos.

— No mesmo dia em que você quase foi pisoteada, alguém tentou cortar seu cabelo. Outro dia, um monte de gente tentou te beijar. As pessoas literalmente jogam seus bebês recém-nascidos para você. Além disso, já contei seis pessoas que fizeram xixi nas calças na sua presença, o que, devo acrescentar, não é apenas perturbador, mas anti-higiênico, principalmente quando elas tentam te abraçar enquanto ainda estão mijando. — Ele balança a cabeça. — As multidões são grandes demais, princesa. Muito fortes. Muito apaixonadas. Todo mundo grita na sua cara, luta para colocar as mãos em você. E metade do tempo não podemos te proteger.

— Mas...

— Eu sei que a maioria dessas pessoas é bem-intencionada — eu digo, pegando a mão dela. Ela se vira na cadeira e encontra meus olhos. — Eles são, na maioria das vezes, gentis. Curiosos. Oprimidos pela gratidão e desesperados para colocar um rosto na liberdade que ganharam.

— Eu sei disso — eu digo — porque eu sempre verifico as multidões, vasculho sua energia em busca de raiva ou violência. E embora a grande maioria seja boa... — Eu suspiro, balanço a cabeça. — Querida, você acabou de fazer muitos inimigos. Essas multidões maciças e não filtradas não são seguras. Ainda não. Talvez nunca.

Ela respira fundo, solta o ar lentamente.

— Eu sei que você está certo — responde, calmamente. — Mas, de alguma forma, parece errado não poder conversar com as pessoas pelas quais lutamos. Quero que saibam como eu me sinto. Quero que saibam o quanto nos importamos, e quanto ainda planejamos fazer para reconstruir, para acertar as coisas.

— Você vai fazer isso — eu digo. — Vou garantir que você tenha a chance de dizer todas essas coisas. Mas faz apenas duas semanas, meu amor. E, no momento, não temos a infraestrutura necessária para que isso aconteça.

— Mas estamos trabalhando nisso, não estamos?

— Estamos trabalhando nisso — diz Kenji. — O que, na verdade, não significa que eu esteja dando desculpas ou algo assim, mas se você não tivesse me pedido para priorizar o comitê de reconstrução, eu provavelmente não teria emitido ordens para derrubar uma série de edifícios inseguros, um dos quais incluía o estúdio de Winston e Alia. — Ele levanta as mãos. — O estúdio que, fique registrado, eu não sabia que era deles. E, novamente, não que eu esteja dando desculpas pelo meu comportamento repreensível ou algo assim, mas como diabos eu deveria saber que era um estúdio de arte? Estava oficialmente listado nos livros como inseguro, marcado para demolição...

— Eles não sabiam que estava marcado para demolição — diz Ella, com uma pitada de impaciência na voz. — Eles entraram no estúdio justamente porque ninguém estava usando.

— Sim — diz Kenji, apontando para ela. — Certo. Mas veja bem, eu não sabia disso.

— Winston e Alia são seus amigos — indico de forma grosseira. — Não é da sua conta saber esse tipo de coisas?

— Escute, cara, foram duas semanas muito agitadas desde que o mundo desmoronou, ok? Eu estive ocupado.

— Estamos todos ocupados.

— Ok, chega — Ella diz, levantando a mão. Ela está olhando pela janela, franzindo a testa. — Alguém está vindo.

Kent.

— O que Adam está fazendo aqui? — Ella pergunta. Então, se vira para Kenji. — Você sabia que ele estava vindo?

Se Kenji responde, eu não o ouço. Estou olhando pelas janelas muito escuras para a cena lá fora, vendo Adam abrir caminho através da multidão em direção ao carro. Ele parece estar desarmado. Ele grita algo no mar de pessoas, mas elas não são caladas imediatamente. Mais algumas tentativas — e eles se acalmam. Milhares de rostos se voltam para encará-lo.

Eu luto para entender suas palavras.

E então, lentamente, ele se afasta quando dez homens e mulheres fortemente armados se aproximam de nosso carro. Seus corpos formam uma barricada entre o veículo e a entrada do Santuário, e Kenji salta primeiro, invisível, e vai andando na frente. Ele projeta seu poder para proteger Ella, e eu roubo sua furtividade para mim. Nós três — nossos corpos invisíveis — avançamos cautelosos em direção à entrada.

Apenas quando estamos do outro lado, em segurança dentro dos limites do Santuário, é que finalmente relaxo.

Um pouco.

Olho para trás, como sempre faço, para a multidão reunida logo depois da barreira invisível que protege nosso acampamento. Alguns dias eu apenas fico aqui e estudo seus rostos, procurando por algo. Qualquer coisa. Uma ameaça ainda desconhecida, sem nome.

— Ei, incrível — diz Winston, sua voz inesperada me sacudindo para fora do meu devaneio.

Eu me viro para olhá-lo, descobrindo-o suado e sem fôlego enquanto ele se aproxima de nós.

— Que bom que vocês estão de volta — diz ele, ainda ofegante. — Algum de vocês sabe alguma coisa sobre consertar canos? Temos um tipo de problema de esgoto em uma das barracas e precisamos da ajuda de todos.

Nosso retorno à realidade é rápido.

E nos devolve a humildade.

Mas Ella dá um passo à frente, já estendendo os braços para — Deus do céu, está molhado? — uma chave inglesa na mão de Winston, e eu quase não consigo acreditar. Passo um braço em volta da cintura dela, puxando-a para trás.

— Por favor, meu amor. Hoje não. Qualquer outro dia, talvez. Mas não hoje.

— O quê? — Ela olha para trás. — Por que não? Eu sou muito boa com uma chave inglesa. Ei, a propósito — diz ela, virando-se para os outros —, você sabia que Ian é secretamente muito bom em marcenaria?

Winston ri.

— Era apenas segredo para você, princesa — diz Kenji.

Ela faz uma careta.

— Bem, estávamos consertando um dos edifícios mais salváveis outro dia, e ele me ensinou a usar tudo o que havia na caixa de ferramentas. Eu o ajudei a consertar o telhado — ela diz com um grande sorriso.

— Essa é uma justificativa estranha para passar as horas antes do seu casamento tirando as fezes de um vaso sanitário. — Kent vem andando até nós. Ele está rindo.

Meu irmão.
Tão estranho.

Ele é uma versão mais feliz e saudável de si mesmo do que eu já vi antes. Ele levou uma semana para se recuperar depois que o trouxemos de volta para cá, mas quando recobrou a consciência e contamos o que tinha acontecido — e garantimos que James estava seguro — ele desmaiou.

E não acordou por mais dois dias.

Ele se tornou uma pessoa completamente diferente desde então. Praticamente jubilante. Feliz por todos. Uma escuridão ainda permanece sobre todos nós — provavelmente permanecerá sobre todos nós para sempre...

Mas Adam parece inegavelmente alterado.

— Eu só queria avisar vocês — diz ele — que estamos fazendo uma coisa nova agora. Nouria quer que eu vá lá e faça uma desativação geral antes que alguém entre ou saia do local. Apenas como precaução. — Ele olha para Ella. — Juliette, tudo bem para você?

Juliette.

Muitas coisas mudaram quando chegamos em casa, e esta foi uma delas. Ela pegou seu nome de volta. Recuperou-o. Ela disse que, apagando Juliette de sua vida, temia estar dando muito poder ao fantasma de meu pai. Ela percebeu que não queria esquecer seus anos como Juliette — ou diminuir a jovem que era, lutando contra todas as probabilidades de sobreviver. Juliette Ferrars é quem ela era quando foi divulgada ao mundo, e ela quer que continue assim.

Sou o único que ela permite chamá-la de Ella agora.

É só para nós. Um vínculo à nossa história compartilhada, um aceno ao nosso passado, ao amor que sempre senti por ela, independentemente do nome que ela tivesse.

Eu a observo enquanto ela ri com seus amigos, enquanto ela tira um martelo do cinto de ferramentas de Winston e finge bater em Kenji com ele — sem dúvida alguma por algo que ele merece. Lily e Nazeera saem de algum lugar desconhecido, Lily carregando um cachorrinho embrulhado que ela e Ian salvaram de um prédio abandonado nas proximidades. Ella solta o martelo com um grito repentino e Adam pula para trás em alarme. Ela pega a criatura suja e imunda em seus braços, sufocando-a com beijos, mesmo que a criatura lata com uma ferocidade selvagem. E então ela se vira para mim, o animal ainda latindo em seu ouvido, e eu percebo que há lágrimas em seus olhos. Ela está chorando por causa de um cachorro.

Juliette Ferrars, um dos heróis mais temidos e elogiados do mundo conhecido, está chorando por causa de um cachorro. Talvez ninguém mais entenda, mas sei que é a primeira vez que ela segura um. Sem hesitação, sem medo, sem perigo de causar qualquer dano a uma criatura inocente. Para ela, isso é verdadeira alegria.

Para o mundo, ela é formidável.

Para mim?

Ela é o mundo.

Então, quando ela larga a criatura nos meus braços relutantes, eu a mantenho firme, sem reclamar quando o animal lambe meu rosto com a mesma língua que usou, sem dúvida, para limpar suas partes traseiras. Eu permaneço firme, sem revelar nada, mesmo quando a baba quente escorre pelo meu pescoço. Fico parado enquanto suas patas sujas se enterram no meu casaco e as unhas se engancham na lã. Na verdade, estou tão paralisado que, algum tempo depois, a criatura se acalma, e seus membros ansiosos se apoiam no meu peito. Ele geme enquanto olha para mim, geme até que eu finalmente levante a mão e passe em sua cabeça.

Quando a ouço rir, fico feliz.

Três

— Warner?

— Sr. Warner?

A invocação do meu nome em estéreo quase me assusta; absorvo essa surpresa com calma praticada, soltando cuidadosamente o cão no chão. Começo a me virar na direção das vozes familiares, mas a criatura libertada decide não fazer nada com sua liberdade; em vez disso, levanta uma pata para minha calça e geme, sua cara voltada para cima, implorando para que eu faça alguma coisa.

Dar comida? Fazer carinho?

Então, ele late, e eu lhe dou um único olhar penetrante, após o qual ele se acalma, os olhos baixos enquanto seu corpo sarnento cai no chão, a cabeça apoiada nas patas. O cachorro se acomoda tão perto de mim que seu focinho preto bate na minha bota. Eu suspiro.

— Sr. Warner? — Castle, novamente.

Ele e a filha, Nouria, estão olhando para mim, esta última quebrando o contato visual apenas para lançar ao pai um olhar de frustração quase imperceptível.

Olho de um para o outro. Claramente, os dois ainda não definiram por completo os detalhes de suas funções por aqui.

— Sim? — pergunto, uma sensação de mal-estar florescendo em meu peito.

Castle e Nouria vieram me buscar para uma conversa particular; consigo sentir de imediato. O fato de a minha mente buscar a raiva em resposta é irracional — percebo isso acontecendo mesmo durante o processo —, pois não há como eles saberem o medo que sinto quando deixo Ella para trás. Tenho uma necessidade repentina de procurar seus olhos nesse momento, de alcançar sua mão, mas aniquilo o impulso e minha frequência cardíaca aumenta, um sintoma do novo pânico que recentemente floresceu em meu corpo. Essas reações tiveram início logo depois de voltarmos ao Santuário, quando, ao som de gritos de horror, a figura inerte de Ella foi retirada do avião e colocada na tenda médica, onde ela morou e dormiu por dez dos catorze dias em que estivemos de volta. Em uma palavra, tem sido *difícil*. E, agora, sempre que não posso vê-la, meu cérebro tenta me convencer de que ela está morta.

Castle diz:

— Podemos roubá-lo por um breve intervalo? Surgiu uma urgência e...

Nouria faz uma pausa nessa declaração com um toque suave no antebraço do pai. Seu sorriso é forçado.

— Vou precisar de apenas alguns minutos do seu tempo — diz Nouria, olhando brevemente para alguém, Ella, ao que parece, antes de reencontrar meus olhos. — Prometo que não vai demorar muito.

Eu quero dizer não.

Em vez disso, digo:

— É claro. — E, por fim, obrigo-me a voltar-me para Ella, cujo olhar firme tenho evitado.

Sorrio para Ella enquanto meu cérebro tenta ignorar os próprios instintos, tenta fazer os cálculos necessários para provar que meus medos são a manifestação de uma ameaça imaginária. Cada dia que Ella permanece viva e bem é uma vitória, um conjunto concreto de números para adicionar a uma coluna; números que tornam mais fácil para mim fazer essa matemática. Sou capaz de processar o pânico um pouco mais rápido agora do que nas primeiras noites. Ainda assim — apesar dos meus esforços para esconder isso de Ella —, eu a tenho sentido me observar. Demonstrar preocupação.

Mesmo agora, meu sorriso não a convenceu.

Ela examina meus olhos atentamente enquanto pressiona um buquê de ferramentas recém-adquiridas — chaves de fenda? — nos braços de Kenji. Ela se aproxima de mim e prontamente pega minha mão; recebo o golpe de um revirar de olhos emocionado do nosso público. É um milagre, então, que o amor de Ella seja mais chamativo; e sou tão grato pelo reconforto de seu toque que perfura meu peito.

— O que está acontecendo? — ela pergunta para Nouria. — Talvez eu possa ajudar.

Percebo, então, uma nota de preocupação de Nouria, e, o que é impressionante: ela nunca chega a tocar suas feições. Ela sorri quando diz:

— Acho que você tem o suficiente para fazer hoje. Warner e eu apenas precisamos discutir algumas coisas. *Em particular.*

Ela diz essa última parte de forma provocante, a implicação de que nossa discussão pode ter algo a ver com o casamento. Encaro Nouria, que agora não quer encontrar meus olhos.

Ella aperta minha mão e me viro para encará-la.

Você está bem?, parece dizer.

Ella tem feito muito isso ultimamente, falar comigo usando os pensamentos, as emoções.

Por um momento, só consigo ficar olhando para ela. Uma confusão de sentimentos parece ter se fundido dentro de mim, medo e alegria e amor e terror agora indistinguíveis um do outro. Eu me inclino e a beijo suavemente na bochecha. Sua pele é tão macia que fico tentado a me demorar, mesmo que o desconforto emocional de nosso público cresça ainda mais.

Ultimamente, tenho sentido medo de tocá-la.

Na verdade, fiz pouco mais do que a abraçar desde que fugimos da Oceania. Ela quase morreu no voo para casa. Já estava fraca quando encontramos Emmaline, tendo gastado a maior parte de sua energia lutando para matar o programa venenoso que dominava sua mente; pior, ela havia arrancado o dispositivo do próprio braço, deixando para trás uma ferida aberta e horrível. Ainda sangrava das orelhas, do nariz, dos olhos e da boca quando atravessou a luz de Max, arrancando a carne de seus dedos no processo. Estava tão esgotada a essa altura que, mesmo com os reforços de Evie, seu corpo entrava em falência. Ela havia colidido mal com o chão e quebrado o fêmur ao cair da câmara de contenção de Max e, em seguida, usado a pouca força que lhe restava para primeiro matar a própria irmã e, em seguida, incendiar a capital da Oceania.

Quando a adrenalina passou e eu vi, pela primeira vez, a ponta do osso partido projetando-se através da perna da calça…

Não vale a pena descrever essa memória.

As horas seguintes foram sombrias; não tínhamos ninguém com poder de cura no voo de volta para casa, nenhum analgésico suficiente, nada mais do que um kit básico de primeiros socorros. Ella havia perdido tanto sangue — e estava sentindo uma dor tão terrível — que logo perdeu a consciência. Eu não tinha dúvidas de que ela morreria antes que tocássemos o solo. O fato de ter sobrevivido àquela horrível viagem de avião foi um milagre.

Quando finalmente chegamos à base, Sonya e Sara fizeram tudo o que podiam para ajudá-la, mas não prometeram nada; mesmo enquanto os ferimentos físicos saravam, Ella continuou não respondendo. Era incapaz até mesmo de abrir os olhos.

Por dias, eu não tinha certeza se ela sobreviveria.

— Aaron...

— *Segredos* — sussurro, forçando-me a afastar-me. — Nada com que se preocupar.

Ela estuda meus olhos. Eu a sinto travar uma guerra interna silenciosa, na qual a felicidade e a dúvida tentam prevalecer uma sobre a outra.

— Bons segredos? — ela pergunta, esperançosa.

Meu coração dá um salto com a suavidade em sua voz, o sorriso que ilumina seus olhos. Nunca paro de me impressionar com a habilidade com que ela compartimenta suas emoções, mesmo depois de tanta brutalidade.

Ella é forte onde sempre fui fraco.

Perdi a fé nas pessoas — no mundo — há muito tempo. Mas não importa quanto derramamento de sangue e escuridão experimente, Ella nunca parece perder a esperança na humanidade. Está sempre se esforçando para construir um futuro melhor. É sempre gentil e bondosa com aqueles que ama.

Ainda é tão estranho para mim ser uma dessas pessoas. Sinto o zumbido da crescente impaciência de Castle e Nouria, e meu ressentimento só aumenta; gero um novo sorriso para Ella e me afasto ao mesmo tempo, tendo deixado sua pergunta sem resposta. Não sei para o que Nouria precisa de mim, mas temo que suas notícias sejam desoladoras. Sem dúvida, a vida de Ella corre risco de uma nova maneira que não havíamos previsto.

O mero pensamento me enche de pavor.

A contragosto, sinto as mãos tremerem; coloco-as nos bolsos ao caminhar. O latido hesitante de um cachorro sarnento é logo seguido pelo som de suas patas batendo no chão, o animalzinho ganhando velocidade enquanto se apressa para me acompanhar. Por um breve instante, fecho os olhos.

Este lugar é um zoológico.

Mesmo reconhecendo a importância do nosso trabalho, ainda existe uma parte lamentavelmente grande da minha mente que considera todos aqui detestáveis — *tudo* aqui detestável.

Estou cansado.

Não quero nada mais do que escapar desse barulho com Ella. Quero, acima de tudo, que ela esteja segura. Quero que as pessoas parem de tentar matá-la. Quero, pela primeira vez na vida, viver em paz, sem ser perturbado. Não quero que minha presença seja exigida por ninguém, apenas pela minha esposa.

Essas, eu percebo, são fantasias inatingíveis.

Castle e Nouria acenam para mim quando me aproximo, indicando que devo acompanhá-los quando virarem no caminho. Já sei que estão indo para o escritório de Nouria e Sam — carinhosamente rotulado como *sala de guerra* —, onde fizemos muitas reuniões semelhantes.

Olho para trás apenas uma vez, na esperança de ter um vislumbre final do rosto de Ella, e, em vez disso, encontro Kenji, cujos pensamentos são tão altos que é impossível ignorar. Experimento um lampejo de raiva; sei que ele vai me seguir antes mesmo de se mover em minha direção.

Entre ele e o cachorro que me segue, eu escolheria o cachorro. Ainda assim, ambas as criaturas estão nos meus calcanhares agora, e ouço Adam rir enquanto diz algo ininteligível para Winston, os dois sem dúvida apreciando o espetáculo que é a minha vida.

— O quê? — pergunto bruscamente.

A sombra que se aproxima logo se materializa ao meu lado, com Kenji acompanhando meus passos no caminho coberto de mato, nossas botas esmagando ervas daninhas agressivas a cada passo. Pessoas pontilham a periferia da minha visão, e seus sentimentos me agridem à medida que prossigo. Alguns deles ainda pensam que sou um tipo de herói e estão consumidos, como resultado disso, por uma devoção idiota a uma percepção distorcida da minha identidade. Do meu rosto. Do meu corpo.

Acho essas interações sufocantes. Agora mesmo, a raiva de Kenji em relação a mim é tão audível que sinto que está me dando dor de cabeça. Ainda assim, melhor raiva — eu acho — do que tristeza.

O sofrimento coletivo de uma multidão é quase insuportável.

— Sabe, eu realmente pensei que você seria menos idiota assim que tivéssemos a J em casa — ele diz, sem papas na língua. — Vejo que nada mudou. Vejo que todos os esforços que fiz para defender seu comportamento de merda foram em vão.

O cachorro late. Eu ouço-o ofegar. Ele late outra vez.

— Então, você vai apenas me ignorar? — Kenji exala o ar, irritado. — Por quê? Por que você é assim? Por que você é sempre um idiota?

Às vezes estou tão desesperado por silêncio que acho que posso cometer um assassinato só para ganhar um momento de tranquilidade. Em vez disso, vou me desligando gradativamente, silenciando o máximo de vozes que consigo. Não era tão ruim antes de eu ser forçado a aderir a este culto pacífico. Na minha vida anterior no Setor 45, eu era deixado em paz. No Ponto Ômega, eu passava a maior parte do meu tempo em confinamento solitário. Mais tarde, quando anexamos o 45, eu me mantinha na privacidade dos meus aposentos.

Aqui, estou ficando maluco.

Sou bombardeado, em massa, pelas descargas emocionais de outras pessoas. Não há trégua do pandemônio. Ella gosta de ficar com essas pessoas, e elas fazem tudo em bando. As refeições são feitas em uma enorme barraca de jantar. A socialização ao final do dia é feita em comunidade, em uma tenda silenciosa, onde nunca há silêncio. Muitas das cabanas foram danificadas ou destruídas na batalha, o que significa que todos estão atualmente compartilhando espaços — ou dormindo em áreas comuns — enquanto reconstruímos. Nouria e Sam nos fizeram uma gentileza ao readequar o quarto de Ella na tenda médica; parecia a única alternativa a ficar no alojamento coletivo com todos os outros em um local improvisado. Mesmo assim, nosso quarto sempre cheira a antisséptico e morte. Há apenas uma cama de hospital estreita, sobre a qual Ella e eu discutimos todas as noites. Ela insiste, apesar dos meus protestos inexpugnáveis, que eu fique com a cama enquanto ela dorme no chão.

É a única vez que fico chateado com ela.

Eu não me importo com o chão frio. Não me importo com o desconforto físico. Não, o que eu odeio é ficar acordado todas as noites ouvindo a dor e a tristeza de outras pessoas que ainda estão se recuperando. Odeio ser lembrado constantemente dos dez dias que passei no canto do nosso quarto fazendo vigília sobre Ella, que lutava para voltar à vida.

Minha necessidade de silêncio tornou-se debilitante. Às vezes acho que, se pudesse matar essa parte de mim, eu mataria.

— *Não me toque* — digo de repente, sentindo, antes que ela se materialize, a intenção de Kenji de fazer contato comigo, tocar meu ombro ou agarrar meu braço. É preciso muito autocontrole para não ter uma reação física.

— Por que você tem que falar desse jeito? — diz ele, ofendido. — Por que você faz parecer que eu fosse *gostar* de tocar em você? Estou apenas tentando chamar sua atenção.

— De que você precisa, Kishimoto? — pergunto em tom ríspido. — Não estou interessado na sua companhia.

A dor em sua resposta é alta; atinge meu peito de raspão, deixando uma vaga impressão. Esse novo desenvolvimento patético me enche de vergonha. Desesperadamente, não quero me importar, e ainda assim...

Ella adora esse idiota.

Paro de chofre no meio do caminho. O cachorro bate nas minhas pernas, balançando o rabo violentamente antes de voltar a latir. Respiro fundo e olho para uma árvore ao longe.

— De que você precisa? — insisto na pergunta, desta vez em tom mais suave.

Eu o sinto franzir a testa enquanto processa seus sentimentos. Ele não olha para mim quando responde:

— Só queria dizer que está comigo.

Fico rígido com isso, e meu corpo se ativa com a consciência. Faço um giro completo e fico de frente para ele. De repente, Kenji Kishimoto aparece para mim vividamente delineado: os olhos cansados, a pele bronzeada, as pesadas sobrancelhas pretas e o cabelo — que precisa desesperadamente de um corte. Há um hematoma se curando ao longo de sua têmpora; a mão esquerda está envolta em gaze. Ouço o barulho das folhas e vejo um esquilo se lançando em um arbusto. O cachorro fica maluco.

— O que está com você? — questiono com cautela.

— Ah, agora você está interessado? — Ele encontra meus olhos, os dele estão estreitos de raiva. — Agora você vai me olhar como se eu fosse um ser humano? Sabe de uma coisa? Que se foda tudo isso. Nem sei por que faço essas merdas por você.

— Você não fez isso por mim.

Kenji faz um som de descrença e desvia o olhar antes de se voltar para mim.

— Sim, bem, ela merece um anel bonito, não é? Seu merda miserável. Quem pede uma garota em casamento sem um anel?

— Devo lembrar que você não está em posição de exercer superioridade moral — declaro, minha voz se tornando letal, embora eu mesmo esteja me esforçando para manter a calma. — Afinal, você *destruiu* o vestido de casamento dela.

— Aquilo foi um acidente! — ele exclama. — O seu foi um descuido!

— Sua própria existência é um descuido meu.

— Oh, uau. — Ele levanta as mãos. — Ha-ha. Uma respostinha bem madura.

— Está com você ou não?

— Sim. Está. — Ele enfia as mãos nos bolsos. — Mas, você sabe, agora estou pensando aqui que eu mesmo deveria dar a ela. Afinal, fui eu quem fez tudo isso por você. Fui eu quem pediu a Winston para fazer o desenho. Fui eu quem encontrou alguém para fazer aquela maldita coisa...

— *Eu não ia deixar as imediações enquanto ela estava deitada em uma cama de hospital* — declaro, tão perto de gritar que Kenji visivelmente tem um sobressalto. Ele dá um passo para trás, estudando-me por um momento.

Neutralizo minha expressão, mas é tarde demais.

Kenji perde a raiva enquanto fica ali parado, suavizando ao me encarar. Eu não experimento nada além de raiva em resposta.

Ele nunca parece entender. É sua pena constante — sua compaixão, não sua estupidez — que me faz querer matá-lo.

Dou um passo à frente, baixo a voz.

— Se você é idiota o bastante para pensar que vou permitir que você dê essa aliança a ela, certamente me subestimou. Posso não ser capaz de te matar, Kishimoto, mas vou devotar minha vida para fazer da sua um inferno palpável e sem fim.

Ele abre um sorriso.

— Não vou dar o anel a ela, cara. Eu não faria isso. Só estava tirando com a sua cara.

Eu o encaro. Mal consigo falar, tamanha a minha vontade de estrangulá-lo.

— Você estava apenas *tirando com a minha cara*? Essa é sua ideia de piada?

— Sim, beleza, escuta: você é muito intenso — ele diz, fazendo uma careta. — A Juliette teria achado engraçado.

— Você claramente não a conhece muito bem se pensa assim.

— Tanto faz. — Kenji cruza os braços. — Eu a conheço há mais tempo do que você, imbecil.

Com isso, sinto uma raiva tão aguda que acho que realmente posso matá-lo. Kenji deve conseguir enxergar minha reação, porque ele recua.

— Não, você tem razão — ele diz, apontando para mim. — Foi mal, cara. Eu me esqueci de todas as coisas de limpeza de memória. Não foi para ofender. Eu só quis dizer, tipo... eu a conheço também, sabe?

— Vou te dar cinco segundos para ir direto ao ponto.

— Viu? Quem diz esse tipo de coisa? — As sobrancelhas de Kenji se franzem; sua raiva está de volta. — Afinal, o que isso quer dizer? O que você vai fazer comigo em cinco segundos? E se eu não tiver um ponto para chegar? Não, quer saber, eu tenho um ponto. Meu ponto é que estou de saco cheio disso. Estou de saco cheio dessa sua atitude. Estou de saco cheio de inventar desculpas pro seu comportamento desagradável. Eu realmente achei que você tentaria ser legal, pelo bem da J, ainda mais agora, depois de tudo o que ela passou…

— Eu sei o que ela passou — respondo, em tom sombrio.

— Ah, sério? — ironiza Kenji, fingindo surpresa. — Então talvez você já saiba disso também. — Ele faz um gesto dramático com as mãos. — *Notícia exclusiva*: ela é, tipo, uma pessoa genuinamente legal. Ela realmente se importa com as outras pessoas. Ela não ameaça matar pessoas o tempo todo. *E ela gosta das minhas piadas.*

— Ela é muito caridosa, eu sei.

Kenji suspira com raiva e olha em volta, procurando inspiração no céu.

— Sabe, eu tentei, realmente tentei, mas não faço ideia do que ela vê em você. Ela é como… é como o sol. E você é uma nuvem de chuva escura e violenta. Sol e chuva não…

Kenji se interrompe, piscando.

Eu me afasto antes que a compreensão se faça. Não existe nada que me pague para ouvir essa frase.

— Ai, meu Deus — ele diz, sua voz se alongando na exclamação. — *Ai, meu Deus.*

Eu acelero o passo.

— Ei, não se afaste de mim quando estou a ponto de dizer algo incrível…

— Não se atreva a dizer isso…

— Eu vou dizer, cara. Eu tenho que dizer — afirma Kenji, saltando na minha frente pelo caminho. Ele está andando de costas agora, sorrindo como um idiota.

— Eu estava errado — diz ele, fazendo um formato improvisado de coração com as mãos. — Sol e chuva fazem um arco-íris.

Eu paro de súbito. Por um momento, fecho os olhos.

— Quero vomitar agora — diz Kenji, ainda sorrindo. — Sério. Vômito de verdade. Você me enoja.

Sou capaz de fabricar apenas uma raiva moderada em resposta a essa série de insultos, à medida que o sentimento se dissipa diante de evidências irrefutáveis: as palavras de Kenji desmentem suas emoções. Ele está genuinamente feliz por nós; posso sentir.

Ele está feliz por Ella, em particular.

Sinto uma pontada de amor e devoção que ela inspira nos outros. É uma coisa rara encontrar até mesmo uma única pessoa que deseje nossa alegria irrestrita; ela encontrou muitos.

Ela construiu sua própria família.

Eu existo na periferia desse fenômeno: hiperconsciente de que eclipso sua luz com minha escuridão, sempre preocupado que ela vá me achar carente. Esses relacionamentos significam muito para ela; sei disso há muito tempo e tentei, por causa dela, ser mais sociável e mais legal com seus amigos. Não protesto quando ela pede para se reunir com os outros; não sugiro mais que façamos nossas refeições sozinhos. Eu a sigo e me sento em silêncio ao lado dela enquanto ela fala e ri com pessoas cujos nomes tenho dificuldade para lembrar. Eu a vejo florescer na companhia daqueles com quem ela se preocupa, ao mesmo tempo em que tento abafar suas vozes, eliminar o ruído na minha cabeça. O tempo todo me atormenta a ideia de que, apesar dos meus esforços, não serei capaz de ser o que ela deseja.

É verdade; sou insuportável.

Eu me pergunto se é apenas uma questão de tempo até que Ella descubra esse fato por si mesma.

Sinto-me desanimado e a hostilidade deixa meu corpo.

— Ou me dê o anel ou me deixe em paz — ameaço, ouvindo a exaustão na minha voz. — Nouria e Castle estão me esperando.

Kenji registra a mudança em meu tom e muda de marcha, ativando em si mesmo uma solenidade raramente testemunhada. Ele olha para mim por mais tempo do que eu acho confortável, antes de colocar a mão no bolso, de onde tira uma caixa de veludo azul-escuro.

Esta, ele estende para mim.

Sinto uma pontada inquietante de nervosismo ao estudar a caixa e pegar o objeto com ansiedade. Fecho os dedos em torno de seus contornos suaves. Meu olhar vaga para longe, uma tentativa de me recompor.

Eu não esperava me sentir assim.

Meu coração está martelando no peito. Sinto-me uma criança nervosa. Gostaria que Kenji não estivesse aqui para testemunhar este momento e também de me importar menos com o conteúdo desta caixa do que de fato me preocupo, o que é impossível.

É extremamente importante para mim que Ella ame esse anel.

Muito devagar, forço-me a abrir a tampa, e os objetos delicados de dentro captam a luz antes mesmo de eu ter a chance de examiná-los. Os anéis brilham ao sol, refratando a cor por toda parte. Não me atrevo a removê-los de seu estojo, optando apenas por olhar, com o coração acelerado.

Não consegui decidir entre os dois.

Kenji me disse que era idiota ganhar dois anéis, mas, como raramente me importo com as opiniões de Kenji, eu o ignorei. Agora, enquanto olho para o conjunto, pergunto-me se ela vai me achar absurdo. Um deve ser um anel de noivado, e o outro, uma aliança de casamento — mas os dois são igualmente impressionantes, cada um à sua maneira.

O anel de noivado é mais tradicional; o aro de ouro é ultrafino, simples e elegante. Há uma única pedra central — adaptada de uma joia de uma peça antiga — e, embora seja bem grande, a mim parecia um estudo de contrastes que refletia como eu via Ella: poderosa e gentil. O joalheiro tinha me enviado uma seleção de pedras, cada uma delas extraída de anéis antigos de diferentes épocas. Fiquei fascinado com o formato incomum de um antigo diamante com lapidação *old mine*. Tinha sido forjado à mão havia muito, muito tempo e era, como resultado, ligeiramente imperfeito, mas eu gostava que não fosse feito à máquina. O afiamento tedioso e doloroso de uma pedra opaca, mas inquebrável, em um estado de brilho deslumbrante — parecia apropriado.

Kenji tinha me garantido que existia um absurdo chamado lapidação *princesa*, o que ele achou que seria uma escolha hilária, pois lembra o apelido ridículo que ele usa para Ella. Eu disse que não tinha interesse em escolher um anel baseado em uma piada; pedi que a pedra antiga fosse colocada em uma composição levemente filigranada de ouro escovado, cujo aro fino como um sussurro eu queria que ficasse assemelhado a um galho orgânico delicado. A aliança de casamento combina com este desenho: um galho fino e curvo decorado em ouro, nu, mas com duas pequenas folhas de esmeralda crescendo em lados opostos do mesmo caminho.

— Ficou realmente lindo, cara. Ela vai adorar.

Eu fecho a caixa, voltando ao momento presente com um choque desorientador. Levanto os olhos e descubro que um contemplativo Kenji estava me observando muito de perto, e de repente me sinto tão incomodado em sua presença que fantasio, por um momento, desaparecer.

Então, é o que eu faço.

— *Filho da puta* — diz Kenji com raiva. Ele passa as mãos pelo cabelo, olhando para o lugar onde eu estava. Enfio a caixa de veludo no bolso e desço o caminho.

O cachorro late duas vezes.

— Isso é muito maduro da sua parte, cara! — grita Kenji na minha direção. — Muito legal. — Então, ácido: — E, a propósito, *de nada*. Imbecil.

O cachorro, ainda latindo, persegue-me até a sala de guerra.

Quatro

A mesa de madeira sem verniz tem sido desbastada ao longo dos anos; suas bordas rústicas foram alisadas até serem submissas pelas mãos calejadas de rebeldes e revolucionários. Corro os dedos ao longo das ranhuras naturais, as linhas de idade desbotadas de uma árvore morta há muito tempo. O tique-taque suave de um relógio pendurado sinaliza o que já sei ser verdade: que estou aqui há muito tempo e que cada segundo que passa me custa mais da minha sanidade.

— Warner...

— Absolutamente não — digo baixinho.

— Nós quase nem discutimos esse assunto. Não descarte a ideia logo de cara — diz Nouria, seu tom neutro fazendo pouco para esconder a verdadeira frustração, que fervilha muito perto da superfície. Por sua vez, Nouria raramente consegue esconder o quanto não gosta de mim.

Eu me afasto da mesa, minha cadeira raspando na madeira. Talvez eu devesse me preocupar com a facilidade com que minha mente se volta para a opção "assassinato" na busca de uma solução para meus problemas, mas agora não posso dissecar esses pensamentos.

Eles me afastaram de Ella *para isto*.

— Você já sabe minha posição sobre o assunto — insisto, olhando para a saída. — E não vai mudar.

— Isso eu entendi. Sei que você está preocupado com a segurança dela. Todos nós estamos preocupados com a segurança dela, mas precisamos de ajuda por aqui. Temos que ser capazes de forçar um pouco as regras.

Encontro os olhos de Nouria então. Os meus faíscam de raiva. A sala sai de foco ao seu redor e ainda vejo: paredes escuras, mapas antigos, uma estante de livros abarrotada com uma coleção de canecas de café lascadas. O ar tem um cheiro rançoso. É deprimente aqui, sob os feixes de luz solar nos cortando ao meio.

As coisas estão longe de ser fáceis desde que assumimos o poder. Aqueles que viveram bem sob o reinado do Restabelecimento continuam a nos causar problemas — desobedecendo missivas, recusando-se a deixar seus postos, continuando a governar seus feudos como se o Restabelecimento ainda estivesse à solta. No momento não temos recursos suficientes para rastrear todos eles — a maioria dos quais sabe que será prontamente presa e processada por seus crimes — e, enquanto alguns são ousados o bastante para permanecer em seus cargos, outros foram inteligentes para buscar esconderijos, de onde têm contratado mercenários para realizar todo tipo de espionagem — e, inevitavelmente, assassinatos. Esses ex-oficiais estão se reunindo, recrutando ex-soldados supremos para o seu lado e tentando se infiltrar em nossas fileiras para nos minar a partir de dentro. Eles são talvez a maior ameaça a tudo aquilo que estamos lutando para nos tornar.

Estou profundamente preocupado.

Falo pouco sobre esse tema para Ella, já que só faz alguns dias que voltou a si, mas nosso domínio do mundo é tênue, na melhor das hipóteses. A história nos ensinou que as revoluções muitas vezes fracassam — mesmo depois de terem sido vitoriosas —, pois os guerreiros e rebeldes, muitas vezes, não estão equipados para lidar com o peso esmagador de sustentar tudo aquilo pelo que lutaram. Pior: eles costumam ser péssimos políticos. Esse é o problema que sempre tive com Castle, e agora com Nouria e Sam.

Os revolucionários são ingênuos.

Eles não parecem entender como o mundo realmente funciona ou como é difícil saciar os caprichos e desejos de tanta gente. É uma luta diária para manter a nossa liderança, e perco muito sono pensando na destruição que nossos inimigos inevitavelmente causarão, no medo e na raiva que fomentarão contra nós.

Ainda assim, meus próprios aliados se recusam a confiar em mim.

— Eu sei que precisamos de ajuda — afirmo, friamente. — Não sou cego. Mas violar as regras significa colocar a vida de Juliette em risco. Não podemos começar a trazer civis…

— Você nem quer nos deixar trazer soldados!

— A falsidade dessa afirmação é patente — declaro, irritado. — Nunca me opus a vocês trazerem soldados extras para protegerem o terreno.

— Para proteger o exterior, sim, mas você se recusou a nos deixar trazê-los para dentro do Santuário…

— Eu não *recusei* nada. Não sou eu quem te diz o que fazer, Nouria. Para que você não esqueça, essas ordens vieram de Juliette…

— Com todo o respeito, sr. Warner — Castle interrompe, pigarreando. — Todos nós sabemos o quanto a sra. Ferrars valoriza sua opinião. Esperamos que o senhor possa convencê-la a mudar de ideia.

Eu me viro para encará-lo, observando seus *dreadlocks* grisalhos, sua pele marrom murcha. Castle envelheceu vários anos em pouco tempo; os últimos meses afetaram todos nós.

— Você gostaria que eu a convencesse a colocar a própria vida em risco? Ficou maluco?

— *Ei* — Nouria vocifera para mim. — Cuidado com o seu tom.

Eu me sinto enrijecer em resposta; antigos impulsos me desafiam a pegar minha arma. É um milagre eu conseguir falar:

— Sua primeira ofensa foi me separar da minha noiva no dia do meu casamento. Depois, que você me peça para permitir que pessoas não monitoradas entrem no único espaço seguro onde ela pode ficar, *em todo o mundo conhecido...*

— Elas seriam monitoradas! — Nouria exclama, levantando-se ao perder a paciência. Ela brilha um pouco quando está brava, eu percebi. A luz sobrenatural torna sua pele escura luminosa.

— *Você* estaria lá para monitorá-los — diz ela, gesticulando para mim do outro lado da mesa. — Você poderia nos dizer se são seguros. Este é o objetivo desta conversa: conseguir a sua cooperação.

— Então você espera que eu siga essas pessoas por aí? Vinte e quatro horas por dia? Ou você achou que era tão simples quanto fazer uma única dedução e pronto?

— Não seriam vinte e quatro horas — diz ela. — Eles não viveriam aqui. As equipes entrariam aqui durante o dia para concluir projetos...

— Estamos no poder há apenas algumas semanas. Você realmente acha que é sábio começar a trazer estranhos para o nosso local protegido? Meus poderes não são infalíveis. As pessoas podem esconder seus verdadeiros sentimentos de mim — aponto, minha voz endurecendo — e já fizeram isso no passado. Sou, portanto, inteiramente capaz de cometer erros, o que significa que você não pode depender de mim para ser uma defesa infalível contra entidades desconhecidas. Em outras palavras: seu plano está errado.

Nouria suspira.

— Reconheço que há uma chance muito, muito pequena de você deixar de perceber alguma coisa, mas eu realmente sinto que pode ser...

— Absolutamente não.

— Sr. Warner. — É Castle, desta vez. Mais suave. — Sabemos que é pedir muito. Não estamos tentando colocar uma pressão indevida sobre você. Sua posição aqui entre nós é crítica. Nenhum de nós conhece as complexidades do Restabelecimento tão bem quanto você; nenhum de nós está mais bem equipado para desmontar, por dentro, o sistema norte-americano. Valorizamos o que você traz para nossa equipe, filho. Valorizamos suas opiniões. Mas você tem que ver que estamos ficando sem opções. A situação é terrível, e precisamos do seu apoio.

— E esse era o seu plano? — pergunto, quase tentado a rir. — Você realmente pensou que poderia me convencer com a estratégia do policial bom, policial mau? — Olho para Nouria. — E suponho que você é o policial mau?

— Temos mais o que fazer do que nunca — diz Nouria, raivosa. — Não temos como reconstruir nossas cabanas. As pessoas precisam de privacidade e de lugares adequados para dormir. Precisamos fazer com que as escolas funcionem novamente para as crianças. Precisamos parar de viver de geradores e jantares de máquinas automáticas. — Ela gesticula descontroladamente com o braço, derrubando, sem querer, uma pilha de papéis no chão. — Estamos lutando para cuidar do nosso próprio povo; como podemos esperar que cuidemos das pessoas do 241 ou de outros setores?

Ela deixa cair sua armadura emocional por apenas um segundo, mas eu sinto: o peso de sua dor é profundo.

— Estamos nos afogando — ela diz baixinho, passando a mão pelo rosto. — Precisamos de ajuda. Perdemos muitos dos nossos na batalha. O Santuário está desmoronando e não temos tempo para reconstruí-lo aos poucos. O mundo inteiro está nos observando agora. Precisamos de mais mão de obra, mais equipes para virem nos ajudar a fazer o trabalho. Se não o fizermos, vamos fracassar antes mesmo de ter a chance de começar.

Por um momento, fico em silêncio.

Nouria não está errada; o Santuário é um desastre. O planeta também. Eu já enviei Haider, Stephan, Lena e as gêmeas de volta aos seus respectivos continentes; precisávamos de representantes competentes no terreno para avaliar a situação atual no exterior — neutralizando o caos sempre que possível —, e ninguém era mais adequado. Nazeera foi a única que ficou para trás, alegando que Haider ficaria bem sozinho, que ela queria ficar por aqui para o meu casamento. Eu poderia ter ficado lisonjeado com esse absurdo se não soubesse que ela estava mentindo.

Ela queria ficar aqui por causa de Kenji.

Mesmo assim, sou grato por sua presença. Nazeera é inteligente e engenhosa, além de estar sendo uma grande ajuda nas últimas semanas. O Santuário já tinha muito o que fazer quando estava tentando apenas manter seu povo vivo; agora, o mundo inteiro está se voltando para nós em busca de orientação.

Olhando para *Ella* em busca de orientação.

O que eles não sabem, é claro, é que ela só está consciente há quatro dias. Quando finalmente acordou, havia muito para fazer — o mundo estava esperando uma prova de que Juliette Ferrars havia sobrevivido — e, apesar dos meus muitos, muitos protestos, ela concordou em fazer aparições limitadas, emitir declarações, começar a discutir que cara o futuro pode ter para as pessoas. Ela insistiu que começássemos imediatamente, que montássemos um comitê responsável por criar o maior projeto de obras públicas do mundo — reconstruir cidades, escolas, hospitais. Investir em infraestrutura. Criar empregos, remapear cidades.

Em uma escala global.

Mesmo assim, quase não deu tempo para pensar nessas coisas. Passei a maior parte das últimas duas semanas fazendo o que podia para manter Ella viva enquanto tentava apagar o máximo de incêndios possível. Em um momento de honestidade, posso até estar disposto a admitir que o erro de Kenji — derrubar o prédio errado — foi quase inevitável. Há um número infinito de coisas a fazer e nunca pessoas suficientes para executar as tarefas ou supervisionar os detalhes.

O que significa que frequentemente cometemos erros.

Em um micronível, também somos obrigados a contribuir, reconstruir nossas cabanas. Cortar a grama. Cozinhar a comida. Lavar os pratos. Ella me arrastou para a cozinha assim que pôde, batendo um par de luvas de borracha questionáveis no meu peito antes de puxar um par sujo para ela, o tempo todo sorrindo para o fundo pegajoso de um caldeirão incrustado de aveia, como se fosse um presente. Se Ella fosse uma casa, seria uma grande casa, com muitos quartos e portas, e todas elas seriam facilmente destrancadas, escancaradas.

Se eu fosse uma casa, seria assombrada.

— *E eu gostaria de lembrar a você* — diz Nouria, com sua voz frágil, trazendo-me de volta ao presente — que você não é a única pessoa na Terra que já se casou. Lamento que não aguente ficar separado de sua noiva por tempo o bastante para ter uma única discussão vital sobre nosso mundo decadente, mas o resto de nós deve continuar a avançar, Warner, mesmo que isso signifique despriorizar sua felicidade pessoal.

Suas palavras atingem um ponto fraco em mim.

— É bem verdade — digo baixinho. — Pouquíssimas vezes, de fato, minha felicidade pessoal foi priorizada pelos outros. Eu não esperava que você fosse a exceção.

Lamento as palavras no instante em que saíram da minha boca.

Tento me fortalecer enquanto Nouria cambaleia, processando meu momento desconfortável de honestidade. Ela desvia o olhar, e noto sua culpa cintilando, em conflito com a irritação. Sua raiva acaba vencendo a batalha, mas, quando ela reencontra meus olhos, há uma nota de arrependimento no olhar, e só então percebo que fui enganado.

Ainda não acabou.

Tomo um fôlego imperceptível; o verdadeiro propósito desta reunião está prestes a ser revelado a mim.

— Já que tocamos nesse assunto — diz Nouria, lançando um olhar ansioso para o pai. — Eu... bem. Eu realmente sinto muito, Warner, mas vamos ter que adiar o casamento.

Eu a encaro.

Meu corpo fica lentamente sólido, um pânico surdo percorrendo meu sistema nervoso. Sinto várias coisas ao mesmo tempo — raiva, tristeza, confusão. Uma estranha espécie de resignação eleva-se sobre todos esses sentimentos, coroando uma dor familiar, um medo familiar: a alegria, tal como o orvalho, evapora da minha vida no momento em que começo a confiar no sol.

É isso, então. Infelizmente, já era de se esperar.

— Adie o casamento — digo, vazio.

— Hoje está se tornando um dia ruim para todos — afirma ela, apressando-se em dizer as palavras. — Muita coisa está acontecendo. Há um grande problema de esgoto que precisa ser controlado e que está usando a maior parte da nossa mão de obra no momento, e todos os outros estão mergulhados em outros projetos. Não temos pessoas suficientes para arrumar ou quebrar coisas; e tentamos, realmente tentamos fazer funcionar, mas simplesmente não podemos dispensar o gerador hoje. Nossa eletricidade está quase acabando, e as temperaturas prometem ser brutais hoje à noite; não podemos deixar as crianças congelarem em suas camas.

— Não entendo. Falei com Brendan, ele ofereceu…

— Brendan está exausto. Temos confiado muito nele ultimamente. Winston já ameaçou me matar se não o deixarmos dormir esta noite.

— Entendo. — Fico olhando para a mesa, depois para minhas mãos. Eu me transformei em pedra, mesmo sentindo o coração disparado no peito. — Precisaríamos do gerador por apenas uma hora.

— Uma hora? — Nouria ri, mas parece nervosa. — Você já foi a um casamento? Ao ar livre? À noite? Você precisaria de luzes, calor e música. Sem mencionar todo o esforço necessário para fazer a cozinha continuar funcionando até tão tarde e distribuir comida. Nós nunca conseguimos preparar um bolo.

— Eu não preciso de um casamento — digo, interrompendo-a. Minha voz tem um tom estranho até para mim mesmo, nervoso. — Só preciso de um oficiante. Não precisa ser nada grandioso.

— Acho que precisa ser algo grandioso para Juliette.

Levanto os olhos diante desse comentário.

Não tenho uma resposta digna; não posso falar por Ella. Eu nunca lhe negaria um casamento de verdade se esse fosse seu desejo.

A coisa toda parece de repente condenada. Um dia depois de eu tê-la pedido em casamento, Ella foi atacada por sua irmã e depois entrou em coma e voltou para casa, para mim, quase morta. Deveríamos ter nos casado hoje de manhã, mas o vestido foi destruído, e agora…

— Adiar até quando?

— Para ser sincera, não sei… — O nervosismo e a apreensão de Nouria estão ficando mais pronunciados. Tento encontrar seus olhos, mas ela continua olhando para Castle, que apenas balança a cabeça. — Eu esperava que talvez pudéssemos olhar o calendário — ela me diz —, pensar em planejar algo quando as coisas estiverem menos loucas por aqui…

— Você não pode estar falando sério.

— Claro que estou falando sério.

— Você sabe tão bem quanto eu — digo com raiva — que não há garantia de que as coisas vão se acalmar por aqui ou que seremos capazes de colocar esta situação sob controle…

— Bem, *agora* é um momento ruim, tá? — Ela cruza os braços. — É apenas um momento ruim.

Eu desvio o olhar. Meu coração parece estar disparado na cabeça agora, palpitando no meu crânio. Sinto que estou dissociando-me — desligando-me do momento — e luto para permanecer presente.

— Isso é algum tipo de vingança perversa? — pergunto. — Você está tentando impedir meu casamento porque não quero deixar vocês trazerem civis? Porque eu me recuso a colocar a vida de Juliette em perigo?

Nouria fica quieta por tanto tempo que sou forçado a olhar para cima, fazer minha mente voltar a si mesma. Ela está olhando para mim com uma expressão muito estranha; algo como culpa — ou arrependimento — percorre-a totalmente.

— Warner — ela diz em voz baixa. — Foi ideia de Juliette.

Cinco

A caixinha de veludo pesa muito no meu bolso, e seus ângulos retos cravam-se na minha coxa enquanto estou sentado aqui, na beira de um pequeno penhasco, olhando para o nosso próprio e exclusivo cemitério. Esta área foi construída logo após a batalha — um memorial a todas as vidas perdidas.

Tornou-se um refúgio inesperado para mim.

Poucas pessoas passam por aqui hoje em dia; para alguns, a dor ainda é muito recente; para outros, as demandas sobre seu tempo são excessivas. De qualquer forma, sou grato pelo silêncio. Era um dos únicos lugares para onde eu podia escapar enquanto Ella se recuperava, o que significa que passei um bom tempo me familiarizando com essa vista e com meu assento: um trecho liso e plano de uma pedra enorme. A vista desta rocha é surpreendentemente pacífica.

Hoje, não é suficiente para me acalmar.

Então, ouço um som; um trinado distante e tênue que minha mente só pode descrever como o canto dos pássaros. O cachorro levanta a cabeça e late.

Fico olhando para o animal.

A criaturinha suja esperou por mim fora da sala de guerra apenas para me seguir até aqui. Não fiz nada para inspirar sua lealdade. Não sei como me livrar dele. Ou dela.

Como se sentisse a direção dos meus pensamentos, o cachorro se vira para me encarar, agora ofegando de leve, olhando para o mundo todo como se estivesse sorrindo. Mal tive a chance de digerir a situação antes que ele se afaste para latir mais uma vez na direção do céu.

Aquele chilreio estranhamente familiar, outra vez.

Tenho ouvido pássaros cantando com mais frequência ultimamente; nós todos temos. Castle, que sempre insistiu que nem tudo estava perdido, afirma, mesmo agora, que os animais não foram todos erradicados. Ele disse que, em épocas de normalidade, os pássaros se escondem durante o mau tempo, não muito diferente dos humanos. Eles buscam abrigo também quando vivenciam a doença, durante o que acreditam ser os últimos momentos de suas vidas. Ele argumenta que os pássaros se esconderam em massa — por medo ou doença — e que agora, com as manipulações do clima de Emmaline, os que sobraram saíram do esconderijo. Não é uma teoria infalível, mas, nos últimos tempos, está mais difícil de negar. Até eu me pego procurando no céu hoje em dia, esperando um vislumbre da criatura impossível.

Um vento frio sopra através do vale, levantando meu cabelo, fustigando minha pele. É com algum pesar que me dou conta de que deixei meu casaco na sala de guerra. O cachorro choraminga, cutucando minha perna com o focinho. Relutante, coloco a mão sobre o que, sem dúvida, é sua cabeça infestada de pulgas, e o cão se acalma. Seu corpo magro se enrola em uma bolinha apertada aos meus pés, a cauda batendo no chão.

Eu suspiro.

Hoje o dia amanheceu claro, o sol desimpedido no céu, mas cada hora que passa traz consigo nuvens mais pesadas e um frio inevitável.

Nouria estava certa; esta noite será brutal.

Ansioso como sempre estou quando fico longe de Ella, meus impulsos foram embotados depois do encontro com Castle e Nouria. Ficaram confusos. Eu não queria nada mais do que procurar Ella; não queria nada mais do que ficar sozinho. Acabei aqui, no fim das contas — carregado pelos meus pés quando minha cabeça não tomou nenhuma decisão —, olhando para um vale de morte, circulando o ralo da minha mente. A manhã fora agitada, mas gratificante; cheia de irritação, mas também de esperança. Eu não havia me ressentido do tique-taque do relógio contra o qual vinha marcando o tempo.

No final, a tarde se mostrou vazia.

Minha noite, limpa.

Exceto pela miríade de desastres nacionais e internacionais que permanecem sem solução, não tenho mais razão para me apressar. Pensei que ia me casar hoje à noite.

Acontece que não vou.

Puxo a caixa de veludo do meu bolso, segurando-a no punho por um momento antes de respirar fundo. Em seguida, abro a tampa com cuidado. Fico olhando para o conteúdo brilhante, não muito diferente de uma criança que testemunha um incêndio pela primeira vez. *Ingênuo.*

É estranho: de todas as coisas repreensíveis que eu soube que era, nunca pensei que fosse estúpido.

Fecho a tampa e coloco a caixa de volta no bolso.

Nouria não mentiu quando disse que meu casamento não aconteceria hoje à noite. Não mentiu quando me disse que foi ideia de

Ella adiar. O que eu não entendo é por que Ella nunca mencionou isso para mim ou por que não disse nada essa manhã na loja de vestidos. Talvez o mais confuso de tudo: não senti nenhuma hesitação dela sobre o assunto. Certamente, se ela não quisesse se casar comigo, eu saberia. Aperto minha mandíbula em reação ao frio.

De alguma forma, apesar do vento uivante, o cachorro parece ter adormecido; seu corpo vibra como um motorzinho aos meus pés. Paro por um momento para observar seu pelo marrom irregular, notando, pela primeira vez, que há um pedaço faltando em uma de suas orelhas.

Expiro devagar e descanso os cotovelos nos joelhos, coloco a cabeça nas mãos. A pequena caixa cava mais fundo na minha carne.

Estou tentando me convencer a ir — voltar ao trabalho —, quando sinto Ella se aproximar. Fico rígido, então me endireito.

Meu pulso acelera.

Eu a sinto muito antes de vê-la, e, quando ela enfim entra no meu campo de visão, meu coração reage e contrai no peito enquanto meu corpo permanece imóvel. Ela levanta a mão quando me vê, o único momento de distração custando-lhe uma luta com um arbusto. Esta área, como tantas outras, é acarpetada com arbustos meio mortos, prontinha para um incêndio florestal. Ella luta para se desvencilhar, puxando com força para libertar a blusa — e imediatamente franze a testa quando se liberta. Ela estuda o que parece ser a ponta rasgada de seu suéter antes de olhar para mim. Encolhe os ombros.

Eu nem ligava mesmo para este suéter, ela parece dizer, e eu não posso deixar de sorrir.

Ella ri.

Está com jeito de quem atravessou uma ventania. As rajadas estão ficando mais agressivas e chicoteiam seu cabelo, que envolvem seu rosto enquanto ela segue em minha direção. Mal consigo ver seus olhos; apenas vislumbres de seus lábios e bochechas, rosadas com o esforço. Ella afasta o cabelo escuro com uma das mãos e a vegetação crescida com a outra. Sua imagem sob essa luz é suave, parece macia em um suéter qualquer cor de musgo. Jeans escuro. Tênis.

A luz muda conforme Ella se move; as nuvens num esforço para esconder o sol e, vez ou outra, fracassando. Isso faz com que a cena se assemelhe a um sonho. Ela se parece tanto consigo mesma neste momento que me assusta; é quase como se tivesse saído de algumas das minhas memórias favoritas.

— Estive procurando você em todos os lugares — diz, sem fôlego, rindo enquanto cai ao meu lado na pedra.

Ela cheira a damasco; é um xampu novo. E o cheiro dele enche minha cabeça.

Ela me cutuca na barriga.

— Onde você estava?

— Aqui.

— Muito engraçado — responde, mas seu sorriso desaparece enquanto ela estuda meu rosto.

Acho difícil encontrar seu olhar.

— Ei — ela diz suavemente.

— Oi — respondo.

— O que foi?

Balanço a cabeça devagar.

— Nada.

— Mentiroso — ela sussurra.

Fecho os olhos.

Eu me sinto transformar quando ela está perto de mim; o efeito é poderoso. Meu corpo perde a rigidez, meus braços e pernas ficam pesados. Toda a tensão que carrego parece se dissipar, levando consigo minha resolução; fico quase letárgico de alívio.

Minha respiração é rasa.

— Ei — ela diz novamente, tocando seus dedos frios no meu rosto, roçando minha bochecha. — Quem eu tenho que matar?

Eu me afasto, sorrindo de leve para o chão, e digo:

— Você falou para a Nouria que queria adiar nosso casamento?

O horror de Ella é imediato.

Ela se recosta e me encara, o medo, o choque e a raiva se transformando em uma massa única e indistinguível de sentimento. Desvio os olhos enquanto ela processa a pergunta, mas sua reação melhora bem meu estado de espírito. Só até ela dizer…

— Falei.

Fico estranhamente imóvel.

— Mas não era para Nouria te dizer isso.

Então, elevo o olhar. Ella está tentando esconder o pânico. Desvia o olhar, fita as próprias mãos. Não entendo o que está acontecendo e digo isso em voz alta.

Ella não para de balançar a cabeça. Aperta as mãos com força.

— Nouria não deveria te dizer isso. Aquilo não foi… ela não…

— Mas é verdade.

Ella encontra meus olhos.

— É tecnicamente verdade, sim, mas ela não deveria ter… Ela não deveria ter dito isso a você. Nouria e eu discutimos isso há alguns dias. Eu disse que se não pudéssemos… se não pudéssemos resolver as coisas a tempo, que talvez, talvez pudéssemos esperar…

— Ah. — Observo o céu, procurando o sol.

— Eu mesma ia te contar — diz ela, mais baixinho agora. — Só estava esperando para saber… mais. Sobre como hoje poderia se desenrolar. Houve alguns eventos inesperados essa manhã que nos custaram muito tempo, mas ainda esperava que fôssemos conseguir dar um jeito em tudo. Todo mundo tem trabalhado muito… Kenji me disse que havia uma chance de que ainda pudéssemos resolver tudo hoje, mas se Nouria…

— Entendo. — Passo a mão pelo cabelo, puxo-o pelo pescoço. — Então você discutiu isso com todo mundo? Todo mundo menos eu.

— Aaron. Sinto tanto. Parece horrível desse jeito. Eu ouço… eu me ouço falando e ouço como isso soa terrível.

Respiro fundo, trêmulo. Não sei o que fazer com meus braços ou minhas pernas. Parecem formigar de repente; fico todo arrepiado. Quero arrancar essa sensação do corpo.

Estou encarando o chão quando digo:

— Você mudou de ideia? Sobre se casar comigo?

— *Não* — responde ela, a palavra e a força emocional por trás da resposta são tão potentes que sou obrigado a fitá-la. Vejo a angústia em seus olhos e também a sinto; ela parece atormentada pela culpa e pela resignação, uma combinação incomum de sentimentos que não consigo analisar. Porém, seu amor por mim é palpável. Ella pega minhas mãos e a sensação aumenta, inundando meu corpo com um alívio tão agudo que quero me deitar.

Algo parece se abrir no meu peito.

— Eu te amo — ela sussurra. — Te amo muito. Só quero fazer isso direito… por nós dois. Quero que você tenha um lindo casamento. Acho que importa mais para você do que você pensa.

— Não importa — digo, balançando a cabeça. — Eu não me importo, meu amor. Não me importo com nada disso. Eu só quero você. Quero que você seja minha família.

Ela não discute comigo. Em vez disso, aperta meus dedos, à medida que suas emoções se acumulam. Fecho os olhos para me proteger da força disso tudo. Quando afinal olho para cima de novo, seus olhos estão brilhando com lágrimas não derramadas.

A visão crava uma estaca no meu coração.

— Não — sussurro, deslizando as costas dos dedos ao longo de seu queixo, a pele fria e sedosa. — Adie o casamento pelo tempo que você quiser. Podemos nos casar a qualquer momento que você quiser, eu não me importo.

— Aaron...

Eu me mexo devagar no início, beijando sua bochecha e me demorando ali, pressionando meu rosto contra a suavidade de sua pele. Não há ninguém aqui além de nós. Nenhum pensamento, exceto o dela e o meu. Ela toca meu peito em resposta, suspirando suavemente enquanto passa a mão na minha nuca, no meu cabelo.

Meu corpo responde antes que a mente tenha a chance de acompanhar.

Pego seu rosto nas mãos e a beijo da forma como eu vinha querendo há dias. *Semanas.* Abro sua boca e sinto seu gosto. Percorro o corpo dela com as mãos, puxo-a para mais perto agora. Seus desejos me consomem à medida que evoluem, deixando-me ligeiramente embriagado. É sempre um coquetel inebriante experimentá-la assim, sentir suas emoções em tempo real. Quanto mais forte eu a beijo, mais ela quer, mais desesperado se torna seu desejo. É perigoso; fica difícil pensar direito, lembrar onde estamos.

Ela faz um som quando beijo seu pescoço, um gemido suave seguido pelo sussurro do meu nome, e a combinação incita uma confusão no meu corpo. Minhas mãos estão mergulhando sob seu suéter agora, roçando o acetinado de sua pele, o fecho do sutiã, e ela está estendendo a mão para mim, para o botão da minha calça, e posso ouvir, mas escolho ignorar, a voz distante dentro da minha cabeça que me alerta dizendo que deve haver um lugar melhor para isso — algum lugar mais quente, algum lugar mais suave, algum lugar que não seja um *cemitério*...

O cachorro late alto e Ella se afasta de mim com um grito assustado.

— *Ai, meu Deus* — diz ela, colocando a mão no peito. — Eu não... Ai, meu Deus. O cachorro esteve aqui esse tempo todo?

Eu me esforço para recuperar o fôlego. Meu coração está batendo forte dentro do peito.

— Esteve — respondo, ainda olhando para ela.

Eu a puxo de volta nos meus braços, reivindicando sua boca com um foco obstinado que torna o momento surreal, até mesmo para mim. Ela fica surpresa por apenas um segundo antes de amolecer nos meus braços, abrindo-se e beijando-me de volta. Eu não a tocava assim havia muito tempo — não ficamos juntos assim há tanto tempo...

Algo se registra no fundo da minha mente.

Eu me afasto, lutando mais uma vez para respirar, na expectativa de que o alarme silencioso na minha cabeça seja um erro.

— O que foi? — pergunta Ella, suas mãos indo para o meu rosto. Ainda está lânguida de prazer, seus pensamentos não diluídos pelo barulho que sempre me atormenta. Ela beija meu pescoço, suave e lentamente. Meus olhos se fecham.

— Nada — sussurro, desejando mais do que nunca que tivéssemos um quarto ou mesmo uma cama adequada. — Não aconteceu nada. Eu só pensei ter ouvido...

— Meu Deus. É *aqui* que vocês estão se escondendo?

Fico sólido de repente, o gelo afugentando o calor nas minhas veias tão rápido que quase estremeço.

— *Droga* — sussurra Ella.

— Vocês dois não têm vergonha, hein? Iam profanar um cemitério? Não conseguem nem ficar vestidos num frio congelante desse?

— Kenji — Ella diz baixinho. A palavra é um alerta.

— O quê? — Ele cruza os braços. — Eu já disse isso e vou dizer de novo: *nojento*. Acho que preciso ir passar água sanitária nos meus olhos.

Ajudo Ella a se levantar, passando o braço em volta de sua cintura.

— O que você quer? — questiono a Kenji, totalmente incapaz de controlar minha raiva.

— Nada de você, amigo, obrigado. Estou aqui porque preciso da Juliette.

— Por quê? — Ella e eu perguntamos ao mesmo tempo.

Kenji solta um suspiro ao desviar o olhar uma vez e depois encarar Ella. Enigmaticamente, ele diz:

— Eu só preciso que você venha comigo, ok?

— Ah. — Seus olhos se arregalam um pouco. — Ok.

— O que há de errado? — pergunto. — Você precisa de ajuda?

Ella balança a cabeça. Sinto sua apreensão, mas ela põe um sorriso no rosto.

— Não, não é nada... apenas coisas chatas sobre território não regulamentado. Na verdade, conseguimos rastrear um dos planejadores urbanos pré-Restabelecimento nesta área, e ele está vindo para discutir nossas ideias.

— Ah — murmuro.

Ella está escondendo algo.

Eu posso sentir; posso sentir que não está sendo totalmente verdadeira. A constatação provoca em mim um sentimento de aperto no estômago que me assusta.

— Você não vai sentir minha falta, não é? — Seu sorriso é tenso. — Sei que você sempre tem uma tonelada de coisas para fazer.

— Sim. — Desvio o olhar. — Sempre há muito a fazer.

Uma pausa.

— Então... te vejo hoje à noite?

— À noite? — Olho para Ella e então para o sol.

Ainda faltam horas para o anoitecer, o que significa que Ella pretende ficar longe por todas essas horas. Minha mente está tomada por dúvidas. Primeiro nosso casamento, agora isso. Não entendo por que Ella não está sendo honesta comigo. Quero lhe dizer algo, fazer uma pergunta direta, mas não aqui, não na frente de Kenji...

As emoções de Ella mudam repentinamente.

Olho para cima e a encontro olhando para mim, agora com preocupação, com um medo palpável — por *mim*.

— Ou eu posso ficar aqui — ela diz, em tom mais gentil. — Não tenho que ir a lugar nenhum.

— Uh, sim, princesa, você tem...

— Fique quieto, Kenji.

— Precisamos de você lá no lugar — ele insiste, abrindo os braços. — Você tem que estar lá, não podemos simplesmente deci...

— Aaron — Ella diz, colocando a mão no meu peito. — Você vai ficar bem?

Eu fico rígido, então dou um passo para trás.

A pergunta me inspira uma reação que não admiro. Eu me arrepio com a pena em sua voz, com a ideia de que ela pode pensar que sou incapaz de sobreviver por algumas horas sozinho.

A compreensão me atinge com a força de uma marreta. Ella pensa que estou enfraquecido.

— Vou ficar bem — afirmo, incapaz de encontrar seu olhar. — Tenho, como você disse, muito a fazer.

— Ah — ela diz em tom cauteloso. — Ok.

Ainda posso senti-la me estudando e, embora não saiba o que ela vê no meu rosto, minha expressão parece tê-la convencido de que não vou virar pó em sua ausência. Uma aproximação da verdade.

Um silêncio tenso se alonga entre nós.

— Tudo bem, ótimo — Ella finalmente diz, toda uma vivacidade falsa. — Então, te vejo hoje à noite? Ou antes, quero dizer, dependendo da rapidez com que eu puder...

Kenji faz um som; algo como uma risada sufocada.

— Sim, se eu fosse você, liberaria espaço na minha agenda.

— Amor — digo baixinho. — Tem certeza de que está tudo bem?

— Absoluta — responde, esforçando-se para sorrir ainda mais. Ela aperta minha mão, beijando-me brevemente antes de se afastar.

— Eu prometo. Volto assim que puder.

Ella ainda está mentindo. Isso me atinge como um golpe.

— Ei, desculpe pelo casamento, cara — diz Kenji, fazendo uma careta. — Quem sabia que a desvantagem de derrubar um governo corrupto era que não teríamos absolutamente nenhum tempo livre?

Engulo em seco com força, ignorando o aperto violento e novo em volta do meu peito.

— Vejo que todo mundo já sabe disso.

— Sim, quero dizer, foi ideia da J adiar. Há tanta coisa para fazer, e tentar realizar o casamento hoje à noite seria muito complicado, e ela pensou que seria melhor apenas...

— *Kenji* — diz ela bruscamente e lhe lança um olhar que não consigo decifrar por completo, mas sua raiva me surpreende.

— Foi mal, princesa. — Kenji levanta as mãos. — Foi mal. Não percebi que era polêmico contar ao noivo o que estava acontecendo no próprio casamento dele, mas vai ver eu não faça a menor ideia de como os casamentos funcionam, não é? — ele diz essa última parte com um toque a mais, irritação azedando sua expressão.

Eu não tenho ideia do que está acontecendo entre eles.

Ella revira os olhos. Nunca a vi tão frustrada com Kenji assim. Ela praticamente caminha na direção dele, passando os braços ao redor do corpo para se proteger do frio. Eu a ouço murmurar:

— Você vai pagar por isso.

Eles vão embora e desaparecem ao longe, sem olhar para trás. Sem mim.

Fico ali por tanto tempo depois de eles irem embora que o sol finalmente se move em direção ao horizonte, levando com ele qualquer calor remanescente. Tremo um pouco quando a temperatura cai, mas consigo ignorar o frio. Não consigo, no entanto, parecer ignorar a dor surda que habita meu peito.

Quando acordei hoje de manhã, pensei que seria o dia mais feliz da minha vida. Em vez disso, conforme o crepúsculo se aproxima...

Eu me sinto vazio.

O cachorro late de repente, uma série de latidos agudos seguidos. Quando me viro para encarar a criatura, ela faz um som totalmente diferente, algo como um rosnado, e pula com entusiasmo, levando as patas até a perna da minha calça. Olho com firmeza para o animal, apontando com o dedo indicador que ele deve soltar imediatamente. Ele afunda e, devagar, fica em pé, abanando a cauda.

Outro latido.

Suspiro ao ver sua cara ansiosa e voltada para cima.

— Acho que eu não deveria ser ingrato. Você parece ser o único interessado na minha companhia hoje.

Um latido.

— Muito bem. Você pode vir comigo.

O cachorro fica em pé sobre as quatro patas, ofegante, o rabo balançando com mais força.

— Mas se você defecar em qualquer superfície interna, ou mastigar minhas botas, ou urinar nas minhas roupas... vou colocar você de volta para fora. Você vai segurar seus movimentos intestinais até que esteja a uma distância considerável de mim. Está claro?

Outro latido em resposta.

— Acho bom — digo e me afasto.

O cachorro me persegue tão rápido que seu focinho colide nos meus calcanhares. Ouço o som de suas patas batendo no chão; posso ouvi-lo respirando, farejando a terra.

— Primeiro, alguém precisa dar banho em você. Não eu, obviamente. Mas alguém.

O cão dá um latido agressivo e ansioso, e percebo com um sobressalto que sou capaz de entender suas emoções. A leitura, porém, é imprecisa; a criatura nem sempre entende o que estou dizendo, então suas respostas emocionais são inconsistentes. Mas agora vejo que o cachorro entende verdades essenciais.

Por alguma razão inexplicável, este animal confia em mim.

Mais desconcertante: minha declaração anterior o deixou feliz.

Não sei muito sobre cachorros, mas nunca ouvi falar de um que gostasse de tomar banho. Embora me ocorra então que, se o animal entendeu a palavra *banho*, deve ter tido um dono.

Paro repentinamente, voltando-me para estudar a criatura: seu pelo marrom emaranhado, sua orelha meio comida. Ele faz uma pausa nesse momento, levantando uma perna para coçar atrás da cabeça de uma maneira indigna.

Vejo agora que é um menino.

Fora isso, não tenho ideia de que tipo de cachorro é esse; eu nem saberia como começar a classificar sua espécie. É óbvio que é algum tipo de vira-lata e é filhote ou naturalmente pequeno. Ele não tem coleira. Sua subnutrição é evidente. E, no entanto, uma única olhada em suas partes baixas confirmou que o animal havia sido castrado. Ele deve ter tido uma casa de verdade. Uma família. Embora provavelmente tenha perdido seu dono há algum tempo para ter sido reduzido a este estado meio selvagem.

Sou compelido a imaginar o que aconteceu.

Encontro os olhos escuros e profundos do cachorro. Ficamos ambos calados, avaliando um ao outro.

— Você quer me dizer que gosta da ideia de tomar banho?

Outro latido feliz.

— Que estranho — digo, virando mais uma vez no caminho. — Eu também.

Seis

No momento em que ponho os pés na tenda de jantar, já são nove da noite. Ella ficou longe todo esse tempo e havia muito pouco que eu pudesse fazer para me distrair desse fato. Eu sei, intelectualmente, que ela não está em perigo; mas então, por outro lado, minha mente sempre foi minha adversária mais feroz. Todas as incertezas do dia somadas levaram a uma apreensão crescente no meu corpo, uma experiência que lembra a sensação de uma lixa contra minha pele.

As piores incertezas são aquelas que não posso matar ou controlar.

Na ausência de ação, sou forçado a marinar nesses pensamentos, a ansiedade me desgastando mais a cada minuto, corroendo meus nervos. Essa escoriação é tão completa que, em consequência, meu corpo inteiro se torna uma ferida aberta, tão viva que até mesmo uma brisa metafórica parece um ataque. O esforço mental necessário para resistir a esses golpes simples me deixa mais do que irritado e agitado de raiva. Mais do que tudo, esses esforços exaustivos me fazem querer ficar sozinho.

Não sei mais o que está acontecendo.

Examino a barraca de jantar enquanto me dirijo à fila de servir, anormalmente curta, em busca de rostos familiares. O espaço interior não é tão grande quanto antes; grande parte dele foi seccionada para uso como dormitórios temporários. Ainda assim, o espaço está mais vazio do que eu esperava. Há apenas algumas pessoas ocupando as mesas de jantar espalhadas, nenhuma das quais eu conheço pessoalmente — exceto uma.

Sam.

Ela está sentada sozinha com uma pilha de papéis e uma caneca de café, totalmente absorta em sua leitura.

Passo pelas mesas para entrar na fila pequena, aceitando, depois de uma breve espera, minha tigela descartável de alumínio com comida. Escolho um assento para mim em um canto distante e me sento com alguma relutância. Esperei o máximo que pude para fazer esta refeição com Ella, então comer sozinho é meio como admitir a derrota. Talvez seja piegas ruminar sobre esse fato, imaginar-me abandonado. Ainda assim, é como eu me sinto.

Até o cachorro se foi.

Acho um pouco perturbador pensar que eu poderia trocar o relativo silêncio desta sala por seu caos normal apenas para ter Ella ao meu lado. É um pensamento enervante, que não faz nada além de ampliar meu desejo infantil.

Arranco a tampa de alumínio da embalagem e olho para o conteúdo: uma única massa gelatinosa de algo parecido com um refogado. Coloco o garfo de plástico de volta na mesa e me recosto na cadeira. Nouria estava certa sobre uma coisa, pelo menos.

Isso é insustentável.

Depois de encontrar alguém para ficar com o cachorro, passei a tarde tirando o atraso da correspondência digital, a maioria das quais exigia atender a ligações e ler relatórios dos filhos dos comandantes supremos, todos os quais lidando com diferentes — e igualmente preocupantes — dilemas. Felizmente, Nazeera nos ajudou a criar uma rede mais sofisticada aqui no Santuário, o que, desde então, tornou mais fácil o contato com nossos colegas internacionais. O Santuário foi ótimo para muitas coisas, mas houve, desde o início, uma escassez de tecnologia acessível. Ponto Ômega, em comparação, era o lar de uma tecnologia futurística formidável, impressionante mesmo para os padrões do Restabelecimento. Essa qualidade de tecnologia, percebi, era algo que eu considerava natural; ao que parece, nem todos os quartéis-generais rebeldes são construídos da mesma forma.

Quando percebi que o Santuário seria nosso novo lar permanente, insisti em fazer mudanças. Foi quando Nouria e eu descobrimos a profundidade da nossa antipatia mútua.

Ao contrário de Sam, Nouria é rápida para ferir; ela se sente atingida com muita facilidade por desprezos percebidos contra seu campo — e sua liderança —, o que tornou difícil pressionar para obter mudanças. Progresso.

Ainda assim, eu pressionei.

Pegamos o máximo de hardware possível do quartel-general militar local, sacrificando o que antes era a tenda da escola primária para montar um centro de comando em funcionamento, cujas capacidades eram totalmente desconhecidas para Nouria e Sam, que ainda se recusam a aprender mais do que suas funções mais básicas.

Para a sorte delas, eu não preciso de ajuda.

Faço meu trabalho quase todos os dias cercado pelos antigos hieróglifos de crianças pegajosas; desenhos em giz de cera de criaturas indecifráveis estão pregados com tachinhas na parede acima da minha mesa; abelhas e borboletas toscamente delineadas esvoaçam do teto. Penduro meu casaco em um cabide pintado com as cores do arco-íris, pendurando o coldre da arma nas costas de uma pequena cadeira amarela decorada com impressões de mãos.

A perturbadora dicotomia não passa despercebida por mim.

Ainda assim, entre Nazeera e Castle — que me surpreendeu ao revelar que era o cérebro por trás da maior parte da tecnologia inovadora do Ponto Ômega —, estamos perto de projetar uma interface que rivalizaria com a que construímos no Setor 45.

Eu me enterrei no trabalho por horas, mal saindo para tomar ar, nem mesmo parando para comer. Além disso, estive projetando um plano — um plano mais seguro — que nos ajudaria a trazer a assistência de que precisamos e, ao mesmo tempo, a mitigar nosso risco de exposição. Acima de tudo, de Ella. Normalmente, esse tipo de trabalho é o suficiente para manter meu foco. Mas hoje, entre todos os dias... um dia em que minha mente continua a me lembrar que era para ser o meu casamento...

Não importa o que eu faça; não consigo me concentrar.

Suspiro e pouso as mãos nas coxas, ciente, com todo o desconforto que isso provoca, da pequena caixa de veludo ainda enfiada no meu bolso.

Cerro os punhos; abro os punhos.

Examino a sala de jantar novamente, inquieto com a energia nervosa. Ainda é surpreendente para mim a facilidade com que abandono minha solidão pelo privilégio da companhia de Ella. A verdade é que aprendi a gostar da mecânica da vida com ela ao meu lado; sua presença torna meu mundo mais brilhante, os detalhes, mais ricos. É impossível não sentir a diferença quando ela se vai.

Mesmo assim, esse foi um dia estranho e difícil.

Sei que Ella me ama — e sei que ela fala sério quando diz que quer ficar comigo —, mas o dia de hoje foi pleno não apenas de decepções, mas também de ofuscações. Ella está escondendo algo de mim, e esperei o dia todo que ela voltasse para que eu pudesse lhe fazer, em particular, uma única pergunta esclarecedora que resolvesse essa incerteza. Até então, é difícil saber como me sentir ou no que acreditar.

Mas simplesmente: estou com saudades dela.

Lamento até mesmo ter me livrado do cachorro.

Após meu retorno do cemitério, procurei por todas as imediações um rosto familiar — queria encontrar alguém para levá-lo — e, apesar dos meus esforços, não consegui encontrar ninguém que eu reconhecesse. Há muito trabalho a ser feito nas áreas antes não regulamentadas fora do Santuário, então não é surpreendente ver que as pessoas se foram; fiquei apenas surpreso ao me perceber decepcionado. Tudo o que eu queria por tanto tempo era um único momento de silêncio e, agora que o tenho em abundância, não sei mais se quero.

A compreensão me chocou de fininho.

Apesar de tudo, eu estava prestes a abandonar a ideia de dar banho no animal quando uma jovem nervosa se aproximou de mim, seu rosto tão vermelho quanto seu cabelo, gaguejando em voz alta a suspeita de que eu poderia precisar de ajuda.

Apreciei o esforço da parte dela, mas a conversa estava longe de ser ideal.

A garota acabou sendo parte de uma subseção duradoura e ridícula de pessoas aqui no Santuário, um grupo persistente de homens e mulheres que ainda insistem em me tratar como se eu fosse algum tipo de herói. Lutei contra os soldados supremos do meu pai em uma tentativa fracassada de proteger Ella, e esses tolos bem-intencionados de alguma forma idealizaram esse fracasso. Um dos piores dias da minha vida, agora fossilizado em suas memórias como um dia a ser celebrado.

Isso me deixa doente.

Eles me romantizaram em suas mentes; essas pessoas romantizaram a própria ideia da minha existência e, muitas vezes, nesse processo, pensam em mim como um objeto. Cada vez que eu olhava essa jovem nos olhos, ela estremecia de um jeito visível, seus sentimentos eram tanto indecentes quanto sinceros, e a mistura era quase desconfortável demais para eu conferir.

Achei que ela se sentiria mais à vontade se eu ficasse olhando para o animal enquanto falava, o que eu fiz, e isso pareceu acalmá-la. Contei a ela sobre o cachorro — expliquei que ele precisava de banho e de comida — e ela generosamente se ofereceu para cuidar dele. Como não senti nenhum perigo real vindo da garota, aceitei a proposta.

— Ele tem nome? — ela perguntou.

— Ele é um cão — respondi, franzindo a testa ao elevar os olhos. — Você pode chamá-lo de cão.

A jovem congelou com isso, com nosso contato visual repentino. Observei suas pupilas dilatarem enquanto ela lutava contra uma combinação emocional muitas vezes lançada na minha direção: terror abjeto e desejo. Isso confirmou para mim o que eu sempre soube ser verdade — que a maioria das pessoas é patética e deve ser evitada.

Ela não me disse nada depois disso, apenas pegou o animal relutante e chorão em seus braços trêmulos e se afastou. Não vi nenhum deles desde então.

Não seria exagero dizer que o dia de hoje foi uma decepção completa.

Empurro minha cadeira para trás e fico em pé, levando a tigela de papel-alumínio para viagem; pretendo guardar a massa semialimentícia para o cachorro, caso volte a vê-lo. Olho para o grande relógio na parede, notando que eu só consegui matar mais trinta minutos.

Calmamente, reconheço que devo aceitar este dia pelo nada que acabou sendo — e, como parece improvável que verei Ella hoje à noite, devo ir para a cama. Ainda assim, estou desmoralizado por essa reviravolta nos acontecimentos, tanto que demoro um momento para perceber que Sam está chamando meu nome.

Giro em sua direção.

Ela está acenando para mim, mas não tenho interesse em conversar agora. Não quero nada mais do que recuar, apodrecer nas minhas próprias feridas. Em vez disso, forço-me a eliminar a curta distância entre nós, incapaz de gerar até mesmo um mínimo de afabilidade enquanto me aproximo.

Fico olhando para ela à guisa de cumprimento.

Sam está ainda mais exausta do que imaginei, os olhos dela sustentados por meias-luas lilases. A pele está cinzenta como nunca a vi, o cabelo loiro curto caindo no rosto.

Ela também não poupa tempo para formalidades.

— Você leu os relatórios de incidentes... — Ela olha para seus papéis, esfregando um olho com a palma da mão — ... 18, 22, 36, 37, 142 até o 223 e o 305?

— Li.

— Você percebeu o que todos eles têm em comum?

Suspiro, sentindo meu corpo ficar tenso novamente quando digo:

— Percebi.

Sam cruza os braços sobre a pilha de papéis, me observando de sua cadeira.

— Excelente. Então você vai entender por que precisamos que Juliette faça um tour pelo continente. Ela tem que fazer aparições; aparições físicas.

— Não.

— Eles estão se rebelando nas ruas, Warner. — A voz de Sam é estranhamente dura. — Contra nós. Não contra o Restabelecimento: contra *nós*!

— As pessoas são impacientes e ingratas — digo bruscamente. — Pior: elas são estúpidas. Não entendem que a mudança leva tempo. Claramente, eles presumiram que a queda do Restabelecimento traria paz e prosperidade instantâneas para o mundo e, nas duas semanas desde que assumimos o poder, não conseguem entender por que suas vidas não melhoraram como se por um milagre.

— Sim, tudo bem, mas a solução não é ignorá-las. Essas pessoas precisam de esperança: precisam ver o rosto dela…

— Ela fez transmissões de televisão. Fez algumas aparições locais…

— *Não é o suficiente* — diz Sam, interrompendo-me. — Ouça. Todos nós sabemos que a única razão pela qual Juliette não está fazendo mais é por sua causa. Você está tão preocupado em mantê-la segura que coloca todo o nosso movimento em risco. Foi ela quem fez isso, Warner. Foi escolha dela assumir o Restabelecimento. Foi escolha dela carregar esse fardo. O mundo precisa dela agora, o que significa que você tem que segurar as pontas. Você tem que ser mais corajoso do que isso.

Enrijeço com a precisão cirúrgica de sua lâmina.

Não digo nada.

Sam solta a respiração no rastro do meu silêncio, algo como uma risada.

— Você acha que não entendo o que é estar com alguém cuja vida está constantemente em perigo? Você acha que não entendo como é assustador vê-los sair pela porta todos os dias? Você tem ideia de quantas vezes atentaram contra a vida de Nouria?

Mesmo assim, não digo nada.

— É difícil pra cacete, sério — ela diz com raiva, surpreendendo-me com sua linguagem. Sam passa as mãos pelo cabelo e esfrega os olhos mais uma vez. — É muito, muito, *muito* difícil.

— Sim — digo em tom baixo.

Ela, então, encontra meus olhos.

— Olha. Sei que você não está fazendo isso de propósito, que só quer o melhor para ela. Mas você a está segurando. Está segurando todos nós. Eu não sei exatamente o que vocês dois passaram; seja o que for, deve ter sido sério, porque é evidente que Juliette está mais preocupada com você do que com ela mesma, mas…

— O quê? — Franzo a testa. — Isso não é…

— Confie em mim. Ela e eu conversamos muito sobre isso. Juliette não quer fazer nada para assustar você. Ela acha que você está processando algo agora, mas não quis me dizer o quê. E está inflexível dizendo que não vai fazer nada arriscado até ter certeza de que você possa lidar com tudo isso. O que significa que preciso que você lide. Agora.

— Estou *ótimo* — afirmo, minha mandíbula cerrada.

— Maravilha. — Sam gera um sorriso. — Se você está bem, vá em frente e diga isso a ela. Incentive Juliette a fazer uma turnê internacional ou, pelo menos, nacional. Ela sabe como falar com as multidões; quando as encara, as pessoas *acreditam* nela. Eu sei que você já viu. Na verdade, você provavelmente sabe melhor do que todos nós que ninguém se preocupa mais com essas pessoas do que Juliette, que se preocupa de verdade com as famílias delas, com o futuro delas. E agora o mundo precisa de um lembrete. Eles precisam de garantias. O que significa que você tem que deixá-la fazer o trabalho dela.

Sinto minha frequência cardíaca disparar.

— Eu nunca a impediria de fazer o trabalho dela. Só quero que ela fique segura.

— Sim, você prioriza a segurança dela acima de tudo, em detrimento do mundo. Você está tomando decisões com medo, Warner. Não pode ajudar a curar o planeta se estiver pensando apenas no que é melhor para uma única pessoa...

— Eu nunca entrei nisso para curar o planeta — respondo bruscamente. — Nunca fingi me importar com o futuro da nossa civilização patética, e, se você já me tomou por um revolucionário, esse erro foi seu. Vejo agora que tenho que deixar algo claro, então se lembre disso: eu ficaria feliz em ver o mundo pegar fogo se alguma coisa acontecesse com ela, e, se isso não for o suficiente para você, pode ir pro inferno.

Sam empurra a cadeira para trás tão rápido que provoca um guinchado penetrante e arrepiante que ecoa pela tenda de jantar quase vazia. Ela está de pé agora, abrindo um buraco no chão com o calor de sua raiva. Os poucos rostos que ainda pontilham o espaço se viram; sinto-os expressar surpresa, curiosidade crescente. Sam é diminuta em estatura, mas feroz quando quer ser, e agora parece que está pensando em me matar com as próprias mãos.

— Você não é especial — ela diz. — Não é o único de nós que já sofreu. Não é o único que fica acordado à noite se preocupando com a segurança de seus entes queridos. Não tenho pena da sua dor ou dos seus problemas.

— Que bom — falo, mais do que equiparando sua raiva. — Contanto que as coisas fiquem às claras entre nós.

Sam sacode a cabeça e joga as mãos para cima, parecendo, por um momento, prestes a rir. Ou a chorar.

— O que diabos ela vê em você? Você não passa de um narcisista insensível de coração gelado. Não se preocupa com ninguém além de si mesmo. Espero que você tenha noção da sorte que tem por Juliette tolerar sua presença. Você nem estaria aqui se não fosse por ela. Certamente eu não bancaria você.

Abaixo os olhos, absorvendo esses golpes com indiferença estudada. Meu corpo não é diferente da lua, tão completamente repleta de crateras provocadas pela brutalidade que é difícil imaginá-lo intocado pela violência.

— Boa noite — digo, baixo, e me viro para sair.

Ouço Sam suspirar, seu arrependimento crescendo à medida que me afasto.

— Warner, espere — ela diz, chamando atrás de mim. — Me desculpe... isso foi exagerado... o dia foi longo, eu não queria...

Não olho para trás.

Sete

Estou entre dois cobertores finos no chão congelado deste quarto de hospital, de olhos fechados, fingindo dormir, quando ouço o rangido suave da porta, a presença familiar de Ella entrando no quarto.

Já passa da meia-noite algumas horas.

Ela traz consigo o leve cheiro de algo ligeiramente químico, o que me confunde, mas mais importante: sinto seu medo quando ela entra no espaço na ponta dos pés, toda deslocada por um alívio repentino ao avistar, sem dúvida, meu corpo deitado.

Alívio.

Não entendo.

Ela fica aliviada por me descobrir dormindo. Está aliviada por não ter que falar comigo.

A pressão no meu peito se intensifica.

Ouço os sons dela tirando os sapatos e as roupas no escuro; pergunto-me qual é a melhor forma de quebrar o silêncio, preparando-me para sua surpresa — depois decepção — ao descobrir que estou acordado. Dou a ela um momento, ouvindo os sons familiares de lençóis farfalhando. Estou imaginando-a subindo na estreita cama de hospital, enfiando-se sob as cobertas, quando suas emoções mudam sem aviso: ela experimenta uma onda aguda e impressionante de felicidade.

De alguma forma, isso só me assusta mais.

Ella não está apenas aliviada, então, mas *feliz* por ter conseguido me evitar. Está feliz por ir dormir sem ser incomodada.

Meu coração dispara mais rápido, o medo se multiplica. Estou quase com medo de dizer qualquer coisa agora, sabendo que o som da minha voz só provocaria a demolição de sua alegria. Mesmo assim, preciso falar com ela. Preciso saber o que está acontecendo entre nós — e estou me preparando para dizer isso quando ouço sua respiração mudar.

Ela já está dormindo.

Estou deitado acordado, totalmente vestido, afundando na escuridão por horas. Ella adormeceu em instantes.

Eu me sinto congelado. Preso a este chão frio pelo medo, arrepios familiares ganhando vida em meus braços e pernas.

Meus olhos se abrem de repente; não consigo respirar.

Eu não sabia o que fazer com a caixa de joias no bolso. Estava com medo de deixá-la em algum lugar, com medo de que pudesse sumir ou fosse descoberta. Em vez disso, permanece comigo, marcando minha perna com sua presença, lembrando-me de tudo o que parece repentina e terrivelmente perdido.

Sem nem perceber, pego uma joia totalmente diferente, meus dedos encontrando a pedra lisa do anel de jade no escuro, a peça que faz parte de mim agora. Não consigo lembrar como seria minha mão sem ela. Giro o aro frio em volta do meu dedo mínimo em um movimento repetitivo e familiar, perguntando-me se foi um erro, todos esses anos, manter esse símbolo do luto tão perto da minha pele.

O anel fora um presente da minha mãe; foi o único presente que recebi quando criança. E, no entanto, as memórias associadas a este objeto são tão sombrias e dolorosas — lembretes em cada momento da tirania do meu pai, do sofrimento da minha mãe, da traição do meu avô…

Muitas vezes tive vontade de trancar essa lembrança da minha infância torturada. Tocar nele, mesmo agora, lembra-me de versões de mim mesmo — seis anos, depois sete, oito, nove e assim por diante — que uma vez o agarrou desesperadamente enquanto eu gritava, a dor explosiva se ramificando nas minhas costas, repetida.

Por muito tempo, eu não queria esquecer. O anel sempre me lembrou da brutalidade do meu pai, do ódio que me motivou a permanecer vivo, mesmo que apenas para irritá-lo.

Mais do que isso, é tudo o que me resta da minha mãe.

E, no entanto, talvez este anel tenha me amarrado à minha própria escuridão, este símbolo de repetição infinita fadada a conjurar, para sempre, as agonias do meu passado.

Às vezes temo ficar preso para sempre neste ciclo: incapaz de ser feliz, inseparável dos meus demônios.

Fecho os olhos, e as cenas do dia se repetem como se estivessem em um *loop* automático. Pareço condenado a reviver os eventos para sempre, vasculhando-os em busca de respostas, de evidências de qualquer coisa que possa explicar o que está acontecendo com a minha vida. E, apesar dos meus melhores esforços para excluí-los, lembro-me da voz de Sam, depois de Kenji…

Você não passa de um narcisista insensível de coração gelado.

Espero que você tenha noção da sorte que tem por Juliette tolerar sua presença.

Estou de saco cheio dessa sua atitude.

Estou de saco cheio de inventar desculpas pro seu comportamento desagradável.
Não faço ideia do que ela vê em você.
O que diabos ela vê em você?

Oito

Quando abro os olhos, a luz está se infiltrando através das cortinas semifechadas, o que me ofusca. Posso dizer apenas pela sua posição no cômodo que o sol é novo; a manhã é jovem.

Não sei quando adormeci; nem sei como consegui realizar essa façanha, exceto por puro cansaço. Meu corpo sucumbiu à necessidade, mesmo quando minha mente se recusou, protestando contra a decisão com uma série de pesadelos que começam a se repetir quando me sento de olhos fechados para me proteger da claridade.

Passei a noite fugindo de um desastre natural indecifrável. Era o mesmo de sempre: um vago elemento de sonho que só faz sentido nele, mas nenhum quando a gente acorda.

Eu não conseguia parar de correr.

Não tinha escolha a não ser continuar andando, com medo de ser dizimado pela calamidade iminente, procurando o tempo todo por Ella, de quem eu havia me separado. Quando finalmente ouvi sua voz, era lá do alto: Ella estava sentada em uma árvore, longe do perigo, olhando feliz para as nuvens enquanto eu corria para salvar minha vida. O desastre — algo como um tornado ou um tsunami, ou ambos — aumentou de intensidade e ganhei velocidade, incapaz de desacelerar por tempo suficiente para falar com ela ou mesmo subir na árvore, cujo tronco era tão impossivelmente alto que não consegui entender como ela o havia escalado.

Em um esforço desesperado, chamei seu nome, mas ela não me ouviu; estava virada, rindo, e então percebi que Kenji estava sentado na árvore com ela. Assim como Nazeera, que, sem dúvida, levou os dois para um local seguro.

Gritei o nome de Ella de novo e, dessa vez, ela se virou ao som da minha voz, encontrando meus olhos com um sorriso gentil. Por fim, parei, caindo de joelhos por excesso de esforço.

Ella acenou para mim assim que fui derrubado.

Uma batida forte na porta de hospital me deixa de pé em um momento; minha mente, porém, parece atrasada, ao mesmo tempo em que meus instintos se aguçam. Percebo, então, que Ella não está aqui. Seus amassados lençóis de hospital são a única evidência de que ela já tivesse estado.

Passo a mão pelo rosto e me dirijo até a porta, vagamente ciente de que ainda estou com as roupas que estava vestindo ontem. Meus olhos estão secos; meu estômago, vazio; meu corpo, exausto.

Estou destruído.

Abro a porta, tão surpreso ao ver o rosto de Winston que dou um passo para trás. Raramente — ou nunca — falo com Winston. Nunca tive nenhum motivo específico para não gostar dele, mas ele e eu não nos conhecemos. Nem sei se já vi seu rosto tão de perto.

— Uau — ele diz, piscando para mim. — Parece que o leão comeu você e cuspiu.

— Bom dia.

— Certo. Sim. Bom dia. — Ele respira fundo e tenta sorrir, ajustando os óculos escuros sem nenhum motivo além do nervosismo.

Winston, fico perplexo ao descobrir, está *muito* nervoso por estar perto de mim.

— Desculpe, só fiquei surpreso — diz ele, apressando as palavras. — Você geralmente está muito... sabe, tipo, montado. De qualquer forma, você pode querer tomar um banho antes de irmos.

Sou tão incapaz de processar o absurdo — ou a audácia — desse pedido, que fecho a porta na cara dele. Viro a fechadura.

A batida começa imediatamente depois.

— Ei — ele diz, gritando para ser ouvido. — Estou falando sério. Tenho que te levar para tomar café da manhã, mas eu realmente...

— Não preciso de um acompanhante — retruco, tirando meu suéter. Este quarto de hospital é um dos maiores, com uma combinação de banheiro/chuveiro industrial. — E não preciso que você me lembre de tomar banho.

— Não quis dizer isso como um insulto! Droga. — Uma risada nervosa. — Literalmente todos tentaram me avisar que você era difícil de lidar, mas pensei que talvez estivessem exagerando, pelo menos um pouco. Esse foi o meu erro. Escuta: não tem nenhum problema com você. Você não está fedendo nem nada. Eu só acho que vai querer tomar um banho...

— Mais uma vez, não preciso do seu conselho sobre esse assunto.

— Estou tirando as calças, dobrando-as com cuidado para conter a pequena caixa que ainda está presa no bolso. — Saia.

Ligo o chuveiro, o som distorce a voz de Winston.

— Vamos lá, cara, não dificulte as coisas. Fui o único disposto a vir te buscar hoje de manhã. Todo mundo estava com muito medo. Até o Kenji disse que estava cansado demais para lidar com as suas merdas.

Hesito nesse momento.

Abandono o banheiro, voltando para a porta fechada vestido apenas de cueca boxer.

— Veio me buscar para quê?

Sinto Winston se assustar com o som da minha voz, tão perto. Ele tenta disfarçar, dizendo apenas:

— Hum, sim, eu realmente não posso te dizer.

Uma inquietação aterrorizante me percorre nesse momento. A culpa e o medo de Winston são palpáveis; sua ansiedade parece crescer.

Algo está errado.

Olho uma última vez para a cama vazia de Ella antes de destravar a fechadura. Tenho apenas uma vaga noção da minha aparência, de que estou abrindo a porta de cueca. Lembro-me de súbito desse fato quando Winston dá duas olhadas exageradas ao me ver.

Ele rapidamente desvia os olhos.

— Puta que pariu, por que você teve que tirar a roupa?

— O que está acontecendo? — pergunto friamente. — Onde está Juliette?

— O quê? Não sei. — Winston estava com as costas todas voltadas para mim agora, beliscando a ponte do nariz entre o polegar e o indicador. — E não tenho permissão para dizer o que está acontecendo.

— Por que não?

Ele olha para cima, encontrando meus olhos por apenas um nanossegundo antes de desviá-los enfaticamente; um rubor sobe manchando seu pescoço, queimando as orelhas.

— Por favor, pelo amor de Deus — diz ele, tirando os óculos para esfregar o rosto. — Vista uma roupa. Não posso falar com você assim.

— Então saia.

Winston apenas balança a cabeça, cruzando os braços sobre o peito.

— Não posso. E não posso te dizer o que está acontecendo, porque é para ser uma surpresa.

A hostilidade deixa meu corpo em uma única rajada; fico zonzo.

— Uma surpresa?

— Você pode, por favor, ir tomar um banho? Vou esperar por você fora da tenda médica. Apenas... apenas apareça vestido. *Por favor.*

Deixo a porta se fechar entre nós, então a observo, meu coração batendo descontrolado no peito. Há uma onda de alívio de Winston, depois um lampejo de felicidade.

Ele parece... animado.

Por fim, eu me afasto, tirando a cueca e jogando-a em um cesto próximo antes de entrar no banheiro, que rapidamente está se enchendo de vapor. Capto meu reflexo no espelho de corpo inteiro afixado na parede, meu rosto e meu corpo sendo devorados lentamente pelo vapor.

É para ser uma surpresa.

Por um longo momento, não consigo me mover. Meus olhos, noto, estão dilatados na luz fraca — mais escuros. Pareço um pouco diferente de mim mesmo, meu corpo endurecendo gradualmente a cada dia.

Sempre fui tonificado, mas isso é diferente. Meu rosto perdeu qualquer suavidade persistente. Meu peito está mais largo, minhas pernas se apoiam com mais firmeza. Essas ligeiras mudanças na definição do músculo, na vascularização...

Consigo me ver ficando mais velho.

Nossa pesquisa para o Restabelecimento indicou que houve uma época em que a faixa dos *vinte e poucos* anos era considerada a flor da juventude. Sempre me esforcei para visualizar esse mundo, um mundo em que os adolescentes eram tratados como crianças, onde aqueles na casa dos vinte se sentiam jovens e despreocupados, com um futuro sem limites.

Parecia ficção.

E, ainda assim, muitas vezes joguei esse jogo na privacidade da minha mente. *Em outro mundo, eu poderia morar em uma casa com meus pais.* Em outro mundo, talvez nem esperem que eu tenha um emprego. Em outro mundo, posso não saber o peso da morte, posso nunca ter segurado uma arma, disparado uma bala, matado tantos. Os pensamentos se registram tão absurdos na minha mente quanto surgem: que em um universo alternativo eu poderia ser considerado uma espécie de adolescente, livre de responsabilidades.

Estranho.

Existiu realmente um mundo em que os pais faziam o que se esperava deles? Já houve uma realidade em que os adultos não eram assassinados apenas por resistir ao fascismo, deixando seus filhos para trás para se criarem sozinhos?

Aqui, quase todos nós somos um contingente de órfãos perambulando — e então correndo — por este planeta destruído.

Muitas vezes imagino como seria entrar em tal realidade alternativa. Eu me pergunto como seria largar o peso das trevas em troca de uma família, um lar, um refúgio.

Abandono meu reflexo para entrar na água quente.

Nunca pensei que chegaria perto de tocar tal sonho; nunca pensei que seria capaz de confiar, amar ou encontrar paz. Tenho procurado, durante muito tempo, um bolsão de silêncio para habitar, um lugar para existir sem restrições. Sempre quis uma porta que pudesse fechar — mesmo por um momento — contra a violência do mundo. Não entendia, então, que um lar nem sempre é um lugar. Às vezes, é uma pessoa.

Eu dormiria no chão frio do nosso quarto de hospital pelo resto da minha vida se isso significasse ficar ao lado de Ella. Posso esquecer o silêncio. Posso compartimentar minha necessidade de espaço. Meu desejo de privacidade.

Mas *perdê-la*...

Fecho os olhos contra a pressão da água, o jato forjando riachos contra meu rosto, meu corpo. O calor é um bálsamo, é bem-vindo na minha pele. Quero queimar os resíduos de ontem. Quero uma explicação para tudo o que aconteceu — ou até mesmo esquecer tudo. Quando as coisas estão fora de alinhamento entre mim e Ella, não consigo me concentrar. O mundo parece sem cor; meus ossos são grandes demais para o meu corpo. Tudo o que quero, mais do que qualquer outra coisa, é diminuir a distância entre nós.

Quero que essa incerteza vá embora.

Viro o rosto em direção ao jato, fechando os olhos enquanto a água atinge meu rosto. Respiro fundo, puxando água e vapor, tentando estabilizar meus batimentos cardíacos.

Sei que não devo ser otimista, mas, mesmo que me proíba de pensar isso, não posso deixar de refletir sobre a palavra *surpresa* raramente ser associada a algo negativo.

Pode ter sido uma má escolha de palavras da parte de Winston, mas seu momento de empolgação pareceu confirmar a escolha; ele poderia ter optado por um termo mais pejorativo se quisesse lidar com minhas expectativas de decepção.

Apesar de todos os meus protestos silenciosos, a esperança toma conta de mim, força para fora os restos da minha compostura. Inclino a testa contra o azulejo frio, a água batendo nas cicatrizes nas minhas costas. Mal posso sentir; as sensações ali ficaram amortecidas pelo dano causado aos nervos. Tecido cicatricial.

Eu me endireito com um som repentino.

Viro-me, com o coração acelerado, com o estremecimento suave da abertura da porta do banheiro. Já sei que é ela. Sempre a sinto antes de poder vê-la e, quando a vejo — quando ela abre a porta do banheiro e fica ali parada, sorrindo para mim…

O alívio que sinto é tão bonito que alcanço a parede, apoiando-me contra o ladrilho frio. Ella está segurando duas canecas de café, vestida do jeito que costuma se vestir: em um suéter macio e jeans, o cabelo castanho-escuro tão comprido agora que roça os cotovelos. Ela sorri para mim, depois desaparece na sala externa e começo a segui-la, quase escorregando na minha pressa. Seguro o batente da porta para me equilibrar, observando enquanto ela pousa as canecas de café em uma mesa próxima. Ela tira os tênis. Tira as meias.

Quando puxa o suéter pela cabeça, tenho um pequeno ataque cardíaco. Ela está de costas para mim, mas suas costas estão nuas. Ela não está usando sutiã.

— Você estava dormindo esta manhã — diz, olhando por cima do ombro para mim enquanto desabotoa o jeans. — Eu estava com medo de te acordar. Saí para buscar um café para nós, mas a fila para o café da manhã era muito longa. Desculpa não estar aqui.

Ela desliza para fora da calça jeans, puxando-a para baixo sobre os quadris. Está vestindo um pedaço de renda disfarçado de calcinha, e observo, imobilizado, enquanto ela se inclina para arrancar o resto da calça e liberar os pés.

Quando se vira, estou lutando para respirar.

Ela é tão linda que mal consigo olhar; sinto como se tivesse entrado em um sonho estranho, os medos debilitantes que me dominaram ontem de alguma forma esquecidos em questão de instantes. O calor corre através de mim em uma velocidade perigosa; minha mente é incapaz de compreender o que o corpo entende com clareza. Ainda há muito que preciso dizer a ela — muito que me lembro de querer lhe perguntar. Mas, quando ela tira a calcinha e atravessa a porta aberta do banheiro, entra no chuveiro e vem direto para os meus braços, não me lembro de nada.

Meu cérebro desliga.

Seu corpo macio e nu está pressionado contra cada centímetro duro do meu e, de repente não quero nada, nada além disso. A necessidade é tão grande que parece, de verdade, que vai me quebrar.

— Oi, lindo — diz, olhando para mim. Ela passa as mãos pelas minhas costas e depois desce. Posso ouvir seu sorriso. — Você parece muito bem aqui para ficar sozinho.

Não consigo falar.

Ela pega minha mão, ainda sorrindo, e a repousa em seu seio antes de guiá-la lentamente por seu corpo; está me mostrando exatamente o que quer de mim. Como ela quer.

Mas eu já sei.

Sei onde ela quer minhas mãos. Sei onde ela quer minha boca. Sei onde ela me quer mais do que tudo.

Eu a pego nos braços, engatando sua perna em volta da minha coxa antes de beijá-la, abrindo-a. Ela é tão macia, lisa e ansiosa nos meus braços, beijando-me de volta com uma urgência que me deixa louco. Inclino sua cabeça para trás e me afasto, beijando seu pescoço; em seguida, abaixo. Abaixo, devagar, com cuidado, substituindo minhas mãos pela boca em todo o corpo dela. Seus sons desesperados e angustiados enviam ondas de choque de prazer por toda a minha extensão, colocando-me em chamas. Ela estende a mão atrás das costas, em busca de apoio na parede de ladrilhos, arqueando-se com prazer.

Eu amo o jeito como ela se perde comigo, o jeito como me deixa avançar, confiando em mim completamente com seus desejos, seu prazer. Nunca me sinto mais perto dela do que quando estamos assim, tão entrelaçados, quando não há nada além de franqueza e amor entre nós.

Então ela me toca e gentilmente envolve sua mão em volta de mim. Eu fecho os olhos com força, mal conseguindo conter o som que faço, baixo na minha garganta. Tudo o que posso pensar neste momento é que não quero que isso acabe. Quero ficar preso aqui por horas, seu corpo escorregadio contra o meu, sua voz no meu ouvido implorando, como agora, para que eu faça amor com ela.

— Por favor — ela pede, ainda me tocando. — Aaron…

Eu me ajoelho sem aviso. Ella dá um passo para trás, confusa por um segundo antes de seus olhos se arregalarem com compreensão.

— Vem aqui, meu amor.

Ella está hesitante no início. Sinto sua timidez repentina, desejo e autoconsciência colidindo, e eu a observo ali, o brilho de suas curvas molhadas nessa luz, seus longos cabelos escuros parecem pintados sobre a pele. Gotas quentes de água descem por seus seios, roçam seu umbigo. Está toda molhada, tão linda que mal sei o que fazer comigo mesmo.

Ela vem até mim lentamente, suas bochechas rosadas com o calor, seus olhos escuros com a necessidade. Eu a intercepto assim que ela está na minha frente, plantando as mãos em torno de seus quadris. Encaro-a a tempo de vê-la corar, e um momento de autoconsciência desaparece em segundos. Ela logo está ofegando meu nome, com as mãos no meu cabelo, na minha nuca. Já está tão molhada, tão pronta para mim; sua visão — seu gosto — é mais do que consigo suportar. Sinto que estou me desligando da minha mente enquanto a vejo se perder. Posso sentir suas pernas tremendo, ela clamando por mais, por *mim*, e, quando goza, abafa seu grito no meu cabelo. Estou de pé um momento depois, capturando o último de seus gritos com minha boca, beijando-a enquanto ela treme nos meus braços, sua respiração pesada se acalmando pouco a pouco. Ella estende a mão para mim mesmo assim e me toca até que eu fique cego de prazer. Empurra-me suavemente contra a parede, beijando meu pescoço, passando as mãos pelo meu peito, meu tronco, e, então, afunda de joelhos na minha frente, suga-me na sua boca...

Emito um som torturado, agarro a parede, mal consigo respirar. O prazer é incandescente; consome tudo. Não consigo pensar. Mal consigo enxergar direito. E, por um momento, acho que realmente perdi a cabeça, que minha mente se separa do corpo.

— Ella — suspiro.

— Eu quero você — responde, afastando-se, suas palavras quentes contra a minha pele. — Agora... por favor...

Meu coração ainda batendo forte no peito, eu me afasto.

Desligo o chuveiro.

Ella se assusta, surpresa ao se levantar. Passo por ela para pegar uma toalha para cada um de nós e ela aceita a dela com alguma confusão, recusando-se a se secar.

— Mas...

Eu a pego sem dizer uma palavra e ela grita, meio rindo enquanto a carrego para a cama de solteiro em nosso quarto. Deito-a com cuidado e ela olha para mim, os olhos arregalados de admiração, o cabelo molhado grudado na pele, água pingando por toda parte. Eu não daria a mínima se inundássemos este lugar.

Junto-me a ela na cama, cuidadosamente montando em seu corpo úmido e brilhante antes de me inclinar para beijá-la, essa necessidade tão brutal que é quase indistinguível da angústia. Eu a toco enquanto a beijo, acariciando-a devagar no início, depois mais intensamente, com mais urgência. Ela choraminga na minha boca, puxando-me para mais perto, levantando os quadris.

Eu me movo para dentro dela com lentidão meticulosa, o prazer tão profundo que parece cortar minha conexão com a realidade.

— Uau, você é deliciosa — digo, mal reconhecendo o som áspero da minha própria voz. — Não consigo acreditar que você é minha.

Ela apenas geme meu nome em resposta, seus braços envolvem meu pescoço e ela me puxa para mais perto.

Posso sentir seu tormento crescente, sua necessidade de libertação tão grande quanto a minha. Encontramos nosso ritmo de movimento. Ella engancha as pernas em volta da minha cintura e não para de me beijar; minha boca, minhas bochechas, minha mandíbula — qualquer parte de mim que ela possa alcançar —, seus toques febris interrompidos apenas por apelos desesperados que me imploram por mais... mais rápido, mais forte...

— Eu te amo — diz ela desesperadamente. — Eu te amo tanto...

Afasto-me quando a sinto desmoronar e me perco no momento com um grito abafado, meu corpo se contrai e sucumbe a tudo isso, à forma mais intensa de prazer.

Enterro o rosto no seu peito, ouvindo o som de seu coração acelerado por apenas um momento antes de sair de dentro dela, com medo de esmagá-la. De alguma forma, nós dois conseguimos, por pouco, nos espremer juntos na cama estreita.

Ella se acomoda ao meu lado, pressionando o rosto no meu pescoço, e alcanço as cobertas finas, puxando-as ao nosso redor. Ela roça meu peito com a ponta dos dedos, desenhando padrões, e essa mera ação acende um calor baixo dentro de mim.

Eu poderia fazer isso o dia todo.

Não me importo com o que aconteceu ontem. Não preciso de uma explicação. Nada disso parece importar mais, não quando ela está aqui comigo. Não quando seu corpo nu está envolto no meu, não quando ela passa as mãos pela minha pele, tocando-me com uma ternura que me diz tudo o que preciso saber.

Tudo o que quero é isto. Ela.

Nós.

Nem percebo que adormeci até que sua voz me desperta com um susto.

— Aaron — ela sussurra.

Demoro um momento para abrir os olhos, para encontrar minha voz. Eu me viro para ela como se estivesse em um sonho, pressionando um beijo suave em sua testa.

— Sim, meu amor?

— Quero te mostrar uma coisa.

Nove

A manhã está fresca e serena, tudo delineado por uma luz dourada. Toques de orvalho pontilham folhas e grama, e o sol ainda se projeta no céu. O ar está fresco com aromas que não consigo descrever adequadamente; é uma amálgama de fragrâncias de início de manhã, o cheiro familiar do mundo estremecendo ao acordar. O fato de eu notar essas coisas é incomum; é evidente, mesmo para mim, que meu humor melhorou muito.

Ella está segurando minha mão.

Está animada esta manhã. Vestiu-se ainda mais rápido do que eu e me puxou porta afora com um entusiasmo que quase me fez rir.

Winston, que descobrimos nos esperando do lado de fora da tenda médica, exibe uma gama de emoções diametralmente opostas. Ele não diz nada quando Ella e eu nos aproximamos, primeiro encarando nós dois, depois olhando para o relógio.

— Ei, Winston — diz Ella, ainda radiante. — O que você está fazendo aqui?

— Quem, eu? — Ele aponta para si mesmo, fingindo choque. — Ah, nada. Só esperando esse idiota… — ele me lança um olhar sombrio — por mais de uma hora.

— O quê? Por quê? — Ella franze a testa. — E não o chame de idiota.

Processo essa troca com alguma confusão. Eu não tinha percebido até aquele momento o quanto eu esperava que a aparição de Winston na minha porta tivesse algo a ver com Ella.

Agora vejo que não.

— Winston veio ao nosso quarto esta manhã — explico a ela. — Ele me disse que tinha... uma surpresa para mim.

A expressão preocupada de Ella se aprofunda.

— Uma surpresa?

— *Uma hora atrás* — acrescenta Winston com raiva.

— Sim — confirmo, encontrando seus olhos. — Uma hora atrás.

Ele aperta visivelmente a mandíbula.

— Você é *mesmo* o pior, sabia disso? Quero dizer, todo mundo está sempre me dizendo que você é o pior; não que eu já tenha duvidado... Mas, uau, essa manhã acabou de me provar o quanto você é completamente egocêntrico. Não posso acreditar que eu mesmo me ofereci para vir buscar...

— Winston. — A voz de Ella é baixa, cuidadosamente controlada, mas sua raiva é ruidosa. Eu me viro para olhar para ela, não exatamente surpreso, mas...

Sim, surpreso.

Ainda não estou familiarizado com essa dinâmica. Ainda não estou acostumado com alguém tomar o meu partido.

— Olha — diz ela. — Warner pode ser muito bonzinho pra te dar alguma resposta quando você fala com ele assim...

Winston, por um momento, parece que está sufocando.

— ... mas eu não sou. Então pode parar. Não apenas porque é horrível, mas porque você está errado.

Winston ainda está olhando para Ella, pasmo.

— Desculpa... você acha que ele é *bonzinho demais* para dar uma resposta? Você acha que a razão pela qual o Warner fica todo quieto e lança olhares mortais às pessoas é porque ele é *muito bonzinho*? Tão bonzinho que ele prefere não dizer nada? — Winston olha para mim. — *Ele*?

Estou sorrindo.

Ella está indignada, Winston está furioso e eu estou sorrindo. Quase rindo.

— Acho — diz Ella, recusando-se a recuar. — Vocês ficam muito confortáveis em intimidá-lo.

Winston olha ao redor por um momento, para o mundo todo, como se tivesse entrado em algum universo alternativo. Ele abre a boca para dizer algo, olha para mim, desvia o olhar e cruza os braços.

— Você ouviu como ele ficou, né? — Winston enfim diz para Ella. — Quando você se foi? Você ouviu todas as histórias sobre como ele...

— Ouvi — diz ela, sua voz mais sombria agora. — Ouvi exatamente o que aconteceu.

— E? Então você sabe sobre todas as pessoas que ele assassinou e como ele era horrível com todo mundo e como ele fez uma tonelada de pessoas chorarem e como Nouria quase atirou nele por causa disso... e você acha que somos nós quem fazemos bullying com *ele*? É isso que você acha que está acontecendo aqui?

— É evidente.

— E você — diz Winston, virando-se para me encarar, os olhos se estreitando com uma raiva incontida. — Você concorda com essa avaliação da sua personalidade?

Meu sorriso fica mais largo.

— Concordo.

— Caramba, você é mesmo um babaca.

— *Winston...*

— Ele me fez esperar aqui fora por *uma hora*! E isso foi depois que eu disse que tinha uma surpresa para ele, e depois que ele bateu a porta na minha cara, várias vezes. — Winston balança a cabeça. — Você deveria ter ouvido. Ele é tão absurdamente... tão sem educação...

— Ei, o que diabos está acontecendo aqui? — Kenji vem vindo em nossa direção com passos decididos. — E onde *você* esteve? — ele pergunta para Ella. — Estamos todos esperando vocês!

— Nos esperando? — questiono. — Para quê?

Kenji levanta os braços em frustração.

— Meu Deus. Você ainda não contou pra ele? — Kenji pergunta para Ella. — O que você está esperando? Escuta, de cara eu já achei essa ideia idiota, mas agora está ficando ridícula...

— Eu ia contar para ele hoje de manhã — explica ela, tensa. — Só não tive uma chance ainda. Estávamos ocupados.

— Aposto que sim, princesa — diz Kenji, um músculo pulsando em sua mandíbula. — Por que seu cabelo está molhado?

— Tomei banho.

— Você tomou banho — diz ele, estreitando os olhos. — Sério?

— Ok... O que está acontecendo? — pergunto, olhando entre Ella e os outros, à medida que um medo familiar sobe pela minha espinha. — Isso é sobre a surpresa?

— A surpresa? — Kenji fica confuso apenas um momento antes de a compreensão iluminar seus olhos. Ele olha para Winston. — Espera, eu pensei que tínhamos mandado você vir buscá-lo *uma hora* atrás?

Winston explode.

— *Isto é exatamente o que venho tentando dizer*: esse filho da puta me fez esperar do lado de fora da tenda médica por uma hora, mesmo que eu tenha sido perfeitamente legal com ele, apesar do meu melhor julgamento…

— Puta que pariu — Kenji murmura com raiva, passando as mãos pelo cabelo. — Como se não tivéssemos merda o suficiente hoje. — Ele se vira para mim. — Você fez Winston esperar uma hora inteira só pra te dar o maldito cachorro?

— O cachorro? — franzo a testa. — *O cachorro* é a surpresa? Como é uma surpresa se eu já sei que ele existe?

— Espere, que cachorro? — Ella olha para mim, depois para os outros. — Você quer dizer o cachorro de ontem?

— Esse. — Kenji suspira. — A Yara levou o cachorro ontem à noite. Ela deu um banho, esfregou. Colocou uma coleira nele e tudo. Ela realmente queria que fosse uma surpresa pro Warner e nos fez prometer não dizer nada. O cachorro está usando um laço estúpido na cabeça neste exato momento.

Ella endurece ao meu lado.

— Quem é Yara?

Sua nota fraca, quase indetectável de ciúme — *possessividade* —, apenas reforça meu sorriso no lugar.

— Você conhece a Yara — diz Kenji para Ella. — Ruiva? Alta? Cuida do grupo escolar? Você falou com ela…

Kenji avista meu rosto e se interrompe antes de terminar.

— E do que diabos você está achando graça? Você bagunçou toda a nossa agenda, seu idiota. Estamos uma hora atrasados em tudo agora, tudo porque…

— *Para* — diz Ella com raiva. — Para de xingá-lo. Ele não é um idiota. Ele não é um babaca. Ele não é egocêntrico. Eu não sei por que vocês acham que está tudo bem ficar simplesmente dizendo as coisas terríveis que bem entendem a respeito dele, na cara dele, como se ele fosse feito de pedra. Todos vocês fazem isso. Todos o insultam sem parar e ele apenas aceita, nem mesmo diz nada... E, de alguma forma, vocês se convenceram de que está tudo bem. Por quê? Ele é uma pessoa real de carne e osso. Por que vocês não se importam? Por que acham que ele não tem sentimentos? O que diabos há de errado com vocês?

Meu sorriso desaparece em um instante.

Então, experimento uma dor estranha, uma sensação não muito diferente de me dissolver pouco a pouco por dentro. Esse sentimento se intensifica até certo ponto e me perfura.

Eu me viro para Ella.

Ela parece notar a mudança em mim; por um momento, todos eles notam.

Sinto um vago constrangimento ao perceber que, de alguma forma, eu me expus. O silêncio que se segue é breve, mas torturante, e, quando Ella passa seus braços em volta da minha cintura, abraçando-me fortemente, mesmo no meio de tudo isso, ouço Winston pigarrear.

Hesitante, levanto a mão à cabeça dela e passo lentamente por seu cabelo. Tenho medo, às vezes, de que meu amor por ela se expanda além das limitações do meu corpo, que um dia me mate com seu peso.

Kenji desvia os olhos.

Ele está desanimado quando diz:

— Sim. Hum, enfim, da última vez que vi, o cachorro estava na tenda do refeitório, tomando café da manhã com todo mundo.

Outra batida estranha e Winston suspira.

— Devo buscar a Yara? Ainda temos tempo?

— Acho que não — responde Kenji. — Acho que devemos dizer a ela para ficar com o cachorro até depois.

— Depois do quê? — pergunto, tentando ler o turbilhão de emoções ao meu redor, mas sem obter sucesso. — O que está acontecendo?

Kenji solta um suspiro. Ele parece exausto.

— J, você tem que contar pra ele.

Ela se afasta de mim, em pânico, de um instante para o outro.

— Mas eu tinha um plano... eu ia levá-lo lá primeiro...

— Não temos tempo, princesa. Você esperou tempo demais e agora isso é oficialmente um problema. Conte pra ele o que está acontecendo.

— Agora? Enquanto vocês estão parados aqui?

— É.

— De jeito nenhum. — Ela balança a cabeça. — Vocês têm que pelo menos nos dar um pouco de privacidade.

— Absolutamente não. — Kenji cruza os braços. — Eu te dei muita privacidade e você provou que não é confiável. Se eu deixar vocês dois sozinhos, vão acabar na cama ou não vão chegar a lugar nenhum. Nos dois casos, nossos objetivos não vão ser contemplados.

— Isso foi mesmo necessário? — digo, irritado. — Você realmente sentiu a necessidade de comentar sobre a nossa vida particular?

— Quando nos custa uma hora das nossas vidas, *sim* — responde Winston, movendo-se, em um ato de solidariedade, para ficar ao lado de Kenji. Ele até cruza os braços na frente do peito, equiparando sua postura à de Kenji.

— Vá em frente. — Ele acena para Ella. — Conta pra ele.

Ella parece nervosa.

Winston e Kenji são um público irritado e impaciente; eles nos encaram, implacáveis, e nem sei se devo ficar com raiva por isso — porque a verdade é que também quero saber o que está acontecendo. Quero que Ella me diga o que está acontecendo.

Olho dela para eles, meu coração batendo forte dentro do peito. Não tenho ideia do que ela está prestes a dizer. Não faço ideia se essa revelação será boa ou ruim — embora seu nervosismo pareça indicar que algo está errado. Eu me preparo enquanto a vejo respirar fundo.

— Ok — diz ela, soltando a respiração. — Ok. — Outra respiração rápida e ela se lembra de olhar para mim, desta vez com um sorriso ansioso no rosto. — Então, eu não queria te falar assim, mas estive pensando um pouco sobre como fazer isso da melhor maneira possível, porque eu queria que tudo desse *certo*, sabe? Certo para nós dois; e também, eu não queria que fosse um anticlímax. Eu não queria que essa grande coisa acontecesse e então foi, tipo, voltamos ao *status quo*... eu queria que fosse especial... como se algo fosse mudar... e sinto muito por não ter te contado antes, era para ser uma surpresa, mas simplesmente não ficou pronto a tempo, e, se eu te contasse sobre isso, não seria mais surpresa, e o Kenji ficou insistindo que eu te contasse de qualquer maneira, mas eu só... aliás, desculpa por ontem, e sinto muito pela Nouria... Estive planejando tudo isso com ela desde que acordei, praticamente, mas ela não deveria te dizer nada, e ela *sabe* que não deveria te dizer nada, porque nós duas tínhamos um acordo de que eu deveria te contar o que estava acontecendo, mas ontem eu não sabia exatamente o que ia acontecer e estava esperando mais informações, porque ainda estávamos tentando muito fazer tudo funcionar a tempo, mas sei o quanto isso é importante pra você...

— *Puta que los pariu* — murmura Winston.

Kenji grita:

— *Vocês dois vão se casar hoje!*

Viro bruscamente, atordoado, e os encaro.

— Kenji, que porra...

— Estava demorando demais...

— Vamos nos casar hoje? — Viro-me para encontrar os olhos de Ella, meu coração batendo forte agora por um motivo totalmente novo. Uma razão melhor. — *Vamos nos casar hoje?*

— Vamos — responde ela, corando ferozmente. — Quero dizer, só se você quiser.

Então, sorrio para ela, um sorriso tão largo que começo a rir, a descrença me tornando estranho até para mim mesmo.

Quase não reconheço esse som.

As sensações que se movem pelo meu corpo agora... são uma coisa difícil de explicar. O alívio que inunda minhas veias é inebriante; sinto como se alguém tivesse aberto um buraco no meu peito da melhor maneira possível. Isso é algum tipo de loucura.

Estou tentando, mas não consigo parar de rir.

— Hum... — murmura Winston. — Eu nem sabia que seu rosto poderia fazer isso.

— Sim — diz Kenji. — É muito estranho a primeira vez que a gente vê.

— Não consigo desviar o olhar. Estou tentando desviá-lo, mas não consigo. É como se um bebê nascesse com uma dentição completa.

— Sim! *Exatamente*. É exatamente assim!

— Mas é legal também.

— Sim. — Kenji suspira. — Legal também.

— Ei, você sabia que ele tinha covinhas? Eu não sabia que ele tinha covinhas.

— Ah, cara, isso é notícia velha...

— Vocês dois poderiam apenas... por favor... *ficar quietos* por um segundo? — diz Ella, fechando os olhos com força. — Só por um segundo?

Kenji e Winston fazem um gesto de zíper fechando a boca antes de darem um passo para trás, erguendo as mãos em sinal de rendição.

Ella morde o lábio antes de encontrar meu olhar.

— Então — diz. — O que você acha? — Ela aperta e solta as mãos. — Você está ocupado esta manhã? Ainda tem uma coisa que quero te mostrar… Uma coisa em que venho trabalhando ultimamente.

Eu a pego nos braços e ela ri, sem fôlego, apenas até encontrar meus olhos. Seu sorriso é logo substituído por uma feição — uma suavidade em sua expressão que provavelmente reflete a minha. Ainda posso sentir o contorno daquela caixinha de veludo na perna; eu a tenho carregado para todos os lugares, com muito medo de deixá-la para trás, com muito medo de perder as esperanças.

— Eu te amo — sussurro.

Quando a beijo, respiro fundo, inalando o cheiro da pele dela ao colocar as mãos em suas costas, puxando-a com mais força. A resposta é imediata; suas mãos pequenas se movem no meu peito para reivindicar meu rosto, segurando-me perto, e ela aprofunda o beijo, ficando na ponta dos pés à medida que lentamente enrosca os braços em volta do meu pescoço.

A chama piloto no meu corpo se incendeia.

Afasto-me com relutância, e só porque lembro que temos uma plateia. Ainda assim, pressiono a testa na dela, mantendo-a perto de mim.

Estou sorrindo de novo. Como um idiota qualquer.

— Ok, bom, isso deu uma guinada nojenta.

— Já acabou? — Kenji pergunta. — Tive que fechar os olhos.

— Não sei. Acho que pode ter acabado, mas, se eu fosse você, manteria os olhos fechados por mais um minuto, só para garantir…

— Vocês dois podem guardar seus comentários para vocês? — digo, girando para encará-los. — É tão impossível apenas ficarem felizes por...

As palavras morrem na minha garganta.

Winston e Kenji estão com os olhos brilhantes e radiantes; os dois não conseguem lutar contra os sorrisos enormes.

— Parabéns, cara — Kenji diz suavemente.

Sua sinceridade é tão inesperada que me atinge antes de eu ter a chance de me blindar, e as consequências me deixam atordoado.

Um calor estranho e avassalador irrompe na minha cabeça, no meu peito, fazendo arder o branco dos meus olhos.

Ella pega minha mão.

Não posso deixar de estudar o rosto de Kenji; estou surpreso com a bondade que vejo ali, a felicidade que ele não faz nada para esconder. Torna-se mais óbvio no momento que ele desempenhou um papel maior na execução dos planos de Ella do que eu poderia ter suspeitado e, então, experimento a verdade — sinto claramente, pela primeira vez, que a tomada de consciência é como um choque físico.

Kenji quer, de verdade, que eu seja feliz.

— Obrigado — agradeço a ele.

Ele sorri, mas é apenas um lampejo de movimento. Todo o resto está na sua expressão, no aceno de cabeça que ele me dá como resposta.

— Disponha — diz ele em voz baixa.

Há um segundo de silêncio, interrompido apenas pelo som da fungada de Winston.

— Tudo bem, tudo bem, esse foi um momento realmente lindo, mas vocês precisam parar antes que eu comece a chorar — fala ele, rindo enquanto tira os óculos para esfregar os olhos. — Além disso, ainda temos uma tonelada de trabalho a fazer.

— Trabalho — repito, procurando o sol no céu. — Claro. — Não pode ser muito depois das oito da manhã, mas geralmente estou ao trabalho na minha mesa muito antes. — Vou precisar fazer uma parada rápida na central de comando. Quanto tempo você acha que ficaremos fora hoje? Tenho que reagendar algumas ligações. Tenho materiais urgentes que devo entregar hoje e, se eu…

— Não esse tipo de trabalho — explica Kenji, com um sorriso estranho no rosto. — Você não precisa se preocupar com isso hoje. Tudo já foi resolvido.

— Resolvido? — enrugo a testa. — Como?

— A Juliette já notificou todos ontem à noite. Claro, não podemos largar totalmente o trabalho, mas dividimos as responsabilidades de hoje. Todos nós vamos nos revezar em turnos. — Ele hesita. — Não vocês dois, é claro. As agendas de vocês foram liberadas para o dia.

De alguma forma, essa é uma surpresa maior do que todas as outras. Se nossas agendas foram liberadas, isso significa que hoje não foi uma decisão inesperada. Significa que as coisas não se alinharam por acaso a tempo de fazer acontecer.

Isso foi orquestrado. Premeditado.

— Acho que não entendi — digo devagar. — Por mais que eu aprecie o tempo de folga, isso não deve demorar muito mais do que uma hora. Precisamos apenas de um oficiante e algumas testemunhas. Ella nem tem vestido. Nouria disse que não havia tempo para fazer comida ou um bolo, nem mesmo para conseguir pessoas para ajudar com os preparativos, então não vai…

Ella aperta minha mão e encontro seu olhar.

— Sei que concordamos em fazer algo bem pequeno — ela diz baixinho. — Eu sei que você não esperava muito. Mas achei que gostaria mais assim.

Fico olhando para ela, pasmo.

— Mais *como*?

Como se fosse uma deixa, Brendan aparece com sua cabeça loiro-esbranquiçada virando de uma esquina.

— Bom dia, pessoal! Tudo bem a gente trazer todo mundo? Ou vocês precisam de mais um minuto?

Winston se ilumina ao vê-lo e garante a Brendan que precisamos de apenas mais alguns minutos.

Brendan fala:

— Entendido. — E desaparece no instante seguinte. Eu me viro para Ella, minha mente agitada.

Exceto pelo bolo de aniversário com que ela me surpreendeu no mês passado, tenho muito pouco na vida que me ofereça um quadro de referência para essa experiência. Meu cérebro está em guerra consigo mesmo, entendendo — embora seja incapaz de entender — o que agora parece óbvio. Ella organizou algo elaborado.

Em segredo.

Toda a sua evasão anterior, suas meias-verdades e a ausência de explicações — meu medo de que ela estivesse escondendo algo de mim...

De repente, tudo faz sentido.

— Há quanto tempo você está planejando isso? — pergunto, e Ella fica visivelmente tensa de empolgação, emanando o tipo de alegria que só senti na presença de crianças pequenas.

Quase me tira o fôlego.

Ela passa os braços em volta da minha cintura e olha para mim.

— Você lembra quando a gente estava no avião voltando para casa — diz ela —, a adrenalina passou e comecei a surtar? E eu ficava olhando para o osso saindo da minha perna e gritando?

De todas as coisas, não era isso que eu esperava que ela dissesse.

— Sim — respondo com cuidado. Não tenho interesse em relembrar os acontecimentos daquela viagem de avião. Ou discutir sobre eles. — Lembro.

— E você se lembra do que eu te disse?

Desvio o olhar, suspirando enquanto observo um ponto distante.

— Você disse que não poderia usar um vestido de noiva com parte do osso para fora.

— Sim — ela diz e ri. — Nossa. Eu estava completamente fora de mim.

— Não é engraçado — sussurro.

— Não — afirma ela, puxando as mãos pelas minhas costas. — Não, não é engraçado. Mas era estranho como nada estava realmente fazendo sentido na minha cabeça. Tínhamos acabado de passar pelo inferno, mas tudo em que eu conseguia pensar enquanto olhava para mim mesma era como era impraticável eu sangrar tanto. Eu disse que não poderia me casar com você se o sangramento não parasse, porque ia sujar meu vestido e o seu terno com sangue, e, então, nós dois ficaríamos cobertos de sangue, e tudo que tocássemos ficaria sangrento. E você… — ela respira fundo — você disse que se casaria comigo naquele momento. Você disse que se casaria comigo com meus dentes sangrando, com uma perna visivelmente quebrada, com sangue seco no rosto, com sangue escorrendo das minhas orelhas.

Estremeço ao ouvir isso, com a memória do que meu pai a fez passar. O que os pais dela a fizeram passar. Ella sofreu e se sacrificou muito por este mundo — tudo para colocar o Restabelecimento de joelhos. Tudo porque ela se importava muito com este planeta e com as pessoas que vivem nele.

Eu me sinto mal de repente.

O que odeio, talvez mais do que qualquer outra coisa, é que isso não para. As demandas ao seu corpo nunca param. Não parece importar de que lado da história estejamos; bem ou mal, todos exigem mais dela. Mesmo agora, após a queda do Restabelecimento, o povo e seus líderes *ainda* querem mais dela. Eles não parecem se importar que ela seja apenas uma pessoa ou que já tenha doado tanto. Quanto mais ela dá, mais eles exigem, e mais rápido a gratidão de todos murcha, e os restos ressecados dessa gratidão se tornam algo completamente diferente: expectativa. Se dependesse deles, continuariam tomando dela até que a sangrassem totalmente, até secá-la — e eu nunca vou permitir que isso aconteça.

— Aaron.

Por fim, encontro seu olhar.

— Eu falei sério, meu amor.

— Eu estava horrível.

— Você nunca foi horrível.

— Eu era um monstro. — Ela sorri ao dizer isso. — Eu tinha aquele corte enorme no braço, a pele das minhas mãos se abriu, meu nariz não parava de sangrar, meus olhos não paravam de sangrar. Até tive um dedo recém-suturado. Eu era o monstro do Frankenstein. Você lembra? Daquele livro…

— Ella… por favor… Não precisamos falar sobre isso…

— E eu não conseguia parar de gritar — continua. — Estava morrendo de dor e tão perturbada por não parar de sangrar, e ficava dizendo as coisas mais malucas, e você apenas ficava sentado do meu lado e ouvia. Você respondeu a todas as perguntas ridículas que fiz como se eu não estivesse completamente louca. *Por horas.*

Ainda me lembro, Aaron. Eu me lembro de tudo o que você me disse. Mesmo depois de desmaiar, ouvi você, em um *loop*, nos meus sonhos. Foi como se sua voz tivesse ficado presa na minha cabeça. — Ela faz uma pausa. — Só posso imaginar como deve ter sido essa experiência para você.

Balanço a cabeça.

— Eu não era o centro das atenções naquele momento. Minha experiência não importa...

— Claro que sim. Isso importa para mim. Você não pode ser o único que se preocupa com a pessoa que ama. Posso fazer isso também — diz ela, afastando-se para me encarar melhor. — Você passa muito tempo pensando sobre o que é melhor para mim. Está sempre preocupado com a minha segurança, minha felicidade e as coisas de que eu posso precisar. Por que não posso fazer isso por você? Por que não consigo pensar na sua felicidade?

— Estou feliz, meu amor — falo baixinho. — Você me faz feliz.

Ela desvia o olhar quando digo isso; mas, quando encontra os meus novamente, está lutando contra as lágrimas.

— Mas se *pudesse* se casar comigo do jeito que você quisesse, escolheria fazer de forma diferente, não é?

— Ella — sussurro, puxando-a de volta nos meus braços. — Querida, por que você está chorando? Eu não me importo em ter uma festa de casamento. Não importa para mim. Vou me casar com você como você está agora, com as roupas que estamos vestindo, bem onde estamos.

— Mas se você *pudesse* fazer da maneira que quisesse, faria de forma diferente — diz ela, olhando para mim. — Você faria melhor do que isso, não é?

— Bem... Sim... — eu vacilo. — Quer dizer, se fosse um mundo diferente, talvez. Se as coisas fossem diferentes para nós, se tivéssemos mais tempo ou mais recursos. E talvez um dia tenhamos a chance de fazer tudo de novo, mas agora tudo que eu...

— Não. — Ela balança a cabeça. — Não quero fazer isso de novo. Não quero que você olhe para trás, para o dia do nosso casamento, como um substituto para outra coisa ou para o que poderia ter sido. Eu quero que a gente faça certo da primeira vez. Quero andar para encontrar você no altar. Quero que você me veja com um vestido bonito. Quero que alguém tire nossa foto. Quero que você tenha tudo isso. Você merece ter.

— Mas... como...

Olho para cima, distraído pelos sons de movimento, de vozes. Uma multidão de pessoas está fervilhando, movendo-se em nossa direção. Nazeera e Brendan lideram a investida; Lily e Ian e Alia e Adam e James e Castle e Nouria e Sam e dezenas de outros...

Todos estão segurando coisas: buquês de flores e bandejas cobertas de comida e caixas coloridas e toalhas de mesa dobradas e...

Minha pressão arterial parece cair com a visão, o que me deixa perigosamente zonzo. Respiro fundo, tento clarear a mente. Quando falo, quase não reconheço minha voz.

— Ella, o que você fez?

Ela apenas sorri para mim, os olhos brilhando com sentimento.

— Como você achou tantas flores? Onde...

— Tudo bem — diz Winston, erguendo as mãos. Ele funga duas vezes e vejo então que seus olhos estão vermelhos. — Chega de divulgar segredos. Terminamos aqui.

Kenji, eu noto, está decididamente com os olhos desviados de todos nós.

Ele pigarreia, ainda fitando o céu, quando diz:

— Fique sabendo, cara, que tentei fazer com que ela te contasse. Eu não aprovo todo esse absurdo de casamento-surpresa.

Falei para ela… falei que, se fosse eu, gostaria de saber. — Enfim Kenji encontra meus olhos. — Mas ela não quis ouvir. Disse que deveria ser surpresa. Eu disse: *você vai voltar para o seu quarto hoje à noite cheirando a tinta e ele vai saber! O cara não é idiota!* E ela ficou, tipo, blá, blá, blá, ele não vai saber, blá, blá, blá, eu sou a rainha do mundo, blá, blá…

— KENJI.

— O quê?

Os punhos de Ella estão cerrados. Parece que está prestes a dar um soco na cara dele.

— Por favor. Pare de falar.

— Por quê? — Kenji observa em volta. — O que eu disse?

— Tinta — digo, franzindo a testa ao me lembrar. — Claro. Achei que você estava mesmo com o cheiro de alguma coisa química ontem à noite. Mas eu não sabia o que era.

— O quê? — Ella indaga, cabisbaixa. — Como? Pensei que você estivesse dormindo.

Balanço a cabeça, sorrindo agora, embora principalmente para o benefício dela. Sua culpa é palpável e se multiplica rapidamente.

— Para que servia a tinta? — pergunto.

— Não! — Winston bate palmas. — Não vamos fazer isso agora! Vocês estão prontos para começar? Boa. Kenji e eu vamos na frente.

Dez

Ella está segurando minha mão como se sua vida dependesse disso, sorrindo enquanto traçamos um caminho desconhecido pelo Santuário. Sua felicidade é tão elétrica que me contagia. Eu me sinto pesado com a sensação, oprimido por ela. Acho que nem mesmo o meu corpo sabe o que fazer com tanta felicidade.

Mas vê-la assim...

É impossível descrever o que significa para mim vê-la tão feliz, sorrindo tão abertamente que ela mal consegue falar. Só sei que não quero fazer nada que ocasione o fim disso.

Estamos seguindo Kenji e Winston, que foram rapidamente acompanhados pelos colegas Nazeera e Brendan, enquanto o resto da multidão acompanha de perto. Pareço ser o único de nós que não sabe para onde estamos indo, e Ella ainda se recusa a me dizer mais alguma coisa sobre nosso destino.

— Você pode pelo menos me dizer se vamos sair do Santuário? — pergunto.

Ela sorri para mim.

— Sim e não.

Enrugo a testa.

— Vamos a algum lugar para ver o que você queria me mostrar? Ou isso é outra coisa?

Seu sorriso fica maior.

— Sim e não.

— Entendo — digo, semicerrando os olhos, observando para longe. — Então você está me torturando de propósito.

— Sim — ela fala, cutucando-me na barriga. — E não.

Balanço a cabeça, rindo um pouco, e ela me cutuca na barriga de novo.

— Ai — solto baixinho.

Ella sorri antes de passar os braços em volta da minha cintura, abraçando-me enquanto caminhamos, não parecendo se importar nem um pouco com o fato de que tropeça a cada poucos passos. Estou tão incompreensivelmente feliz que pareço ter perdido a maioria dos meus neurônios. Mal consigo organizar os pensamentos.

Depois de um momento, Ella diz:

— Sabe, não é muito divertido cutucar você na barriga. Na verdade, nem mesmo é possível cutucar o músculo duro. — Ela desliza a mão por baixo da minha camisa, então lentamente desce pelo meu torso. — Essa coisa toda funcionaria muito melhor se você tivesse alguma gordura corporal.

Respiro fundo.

— Lamento te desapontar.

— Nunca disse que estava desapontada — responde ela, ainda sorrindo. — Amo seu corpo.

Suas palavras evocam um calor fervente em algum lugar dentro de mim. Fico tenso enquanto ela desenha padrões ao longo da minha pele, seus dedos roçando meu umbigo antes de se mover lentamente para cima mais uma vez, traçando linhas com um cuidado excruciante.

Por fim, cubro sua mão com a minha.

— Isso é muito perturbador.

— O que é? — Ela nem está mais olhando para o caminho à frente. Um dos seus braços está em volta da minha cintura e o outro está enfiado descaradamente debaixo da minha camisa. — Isto? — Ela arrasta a mão pelo meu abdômen, movendo-se para baixo sem parar. — Isso é uma distração?

Respiro fundo.

— É.

— Distração como? — pergunta, olhando para mim, a imagem da inocência enquanto sua mão livre desce e desliza logo abaixo da minha cintura. — Isso é uma distração?

— Ella.

— Sim?

Eu rio, mas o som é ofegante. Nervoso. É uma luta manter o controle necessário para evitar que meu corpo anuncie a todos exatamente o que eu preferiria estar fazendo agora.

— Você quer que eu pare? — ela pergunta.

— Não.

Ela sorri ainda mais.

— Bom, porque…

— Se vocês dois vão ser nojentos no dia do seu casamento — Kenji diz por cima do ombro —, poderiam pelo menos *sussurrar*? Estamos muito perto dessa multidão, ok? Ninguém quer ouvir suas conversas de sacanagem.

— Sim — Nazeera concorda, virando-se para olhar na nossa direção. — Sem conversa fofa, também. Conversas fofas são altamente desencorajadas em qualquer dia, mas especialmente no dia do seu casamento.

A mão de Ella deixa meu corpo em um instante.

Ela se vira para encará-los, o momento quase esquecido; eu, por outro lado, preciso de um minuto. O efeito que ela tem nos meus nervos leva mais tempo para se dissipar.

Expiro aos poucos.

— Estou começando a achar que vocês dois podem estar se transformando na mesma pessoa — diz Ella. — E não sei se quero dizer isso como um elogio.

Kenji e Nazeera riem do comentário, Kenji passando o braço em volta da cintura de Nazeera enquanto caminham, puxando-a para mais perto. Ela se inclina para ele e dá um beijo breve na base de sua mandíbula.

As provocações de Kenji se tornaram inócuas nas últimas semanas. Suas alfinetadas são mais um hábito do que ofensivas, pois ele não está em posição de criticar. Kenji e Nazeera são tão inseparáveis quanto possível hoje em dia; os dois vivem escondidos em cantos escuros em todas as oportunidades disponíveis. Para ser justo, todos nós estamos precisando de privacidade agora; poucas pessoas têm seus próprios quartos no momento, o que significa que não somos os únicos a fazer demonstrações públicas de afeto.

Kenji e Nazeera parecem realmente felizes, no entanto.

Não o conheço há muito tempo, mas Nazeera... nunca pensei que a veria assim.

Suponho que ela possa dizer o mesmo sobre mim.

— Sabe, tecnicamente, vocês dois nem deveriam estar juntos agora — diz Winston, girando para nos encarar. Ele anda de costas, virado para nós enquanto continua: — A noiva e o noivo não podem simplesmente ficar juntos no dia do casamento. A tradição desaprova esse tipo de coisa.

— Excelente ponto — acrescenta Brendan. — E, como eles são almas tão puras e inocentes, não queremos que corram o risco de um contato acidental e indecente de pele com pele.

— Sim, acho que pode ser tarde demais para isso — diz Kenji.

— Sério? — Brendan e Nazeera dizem ao mesmo tempo.

Brendan ri, mas Nazeera se vira bruscamente e olha para Ella, cujo rubor em resposta quase confirma suas suspeitas.

— Uau — Nazeera solta depois de um momento, balançando a cabeça. — Legal. Vocês têm prioridades interessantes.

— *Ai, meu Deus* — diz Ella, cobrindo o rosto com a mão. — Às vezes eu odeio mesmo vocês.

Decido mudar de assunto.

— Falta muito para chegarmos a esse destino misterioso? — pergunto. — Estamos andando há tanto tempo que começo a me perguntar se vou precisar de autorização internacional.

— Esse cara está falando sério? — Winston retruca da frente, exasperado. — Só se passaram *talvez* uns cinco minutos.

— Correr três quilômetros… colina acima, no calor, de terno… e ele não deixa cair uma gota de suor — diz Kenji. — Não me deixou nem descansar por trinta segundos. Mas *isso*… sim, isso é demais pra ele. Faz sentido.

— Ok, você pode ignorá-los — Ella fala, pegando minha mão de novo. — Estamos muito perto agora.

Sinto seu entusiasmo crescer de novo, sua feição brilhando enquanto ela olha para a frente.

— Então… o que mudou ontem? — pergunto a ela. — Para fazer tudo isso acontecer?

Ella ergue o olhar.

— O que você quer dizer?

— Ontem, Nouria me disse que, por vários motivos, estava basicamente fora de questão fazermos um casamento. Mas hoje… — analiso ao nosso redor, para a massa de pessoas sacrificando horas de seu trabalho e de sua vida para ajudar a organizar este evento — essas questões não parecem mais ser relevantes.

— Ah — Ella diz e suspira. — Sim. Ontem foi uma confusão. Eu não queria mesmo adiar as coisas, mas havia muitos desastres diferentes com que lidar. Perder nossas roupas foi um obstáculo, mas tentar sediar o casamento à noite estava se revelando um pesadelo logístico. Percebi que poderíamos nos casar ontem à noite e ter que abrir mão de quase tudo ou adiar por um dia e talvez, apenas *talvez*, sermos capazes de fazer isso direito…

— Um dia? — Enrugo a testa. — Nouria fez parecer que levariam meses antes que pudéssemos reagendar. Ela fez com que parecesse funcionalmente impossível.

— *Meses?* — Ella fica rígida. — Por que ela diria isso?

— Você deve ter realmente irritado ela — diz Kenji, sua risada ecoando. — Nouria sabia que Juliette não teria adiado tanto o casamento. Acho que estava só torturando você.

— *Sério…* — A revelação me faz fechar a cara. Entre ela e Sam, parece que fiz duas inimigas muito poderosas.

— Ei, sinto muito por Nouria ter dito isso a você — fala Ella suavemente, abraçando-me de lado enquanto caminhamos. Passo o braço em volta dos seus ombros, segurando-a com força contra mim.

— Acho que Nouria forçou um pouco demais a barra nas notícias extraordinárias — diz ela. — Eu não tinha ideia de que você pensava que poderíamos adiar o casamento por tanto tempo. Só agora estou percebendo que ontem deve ter sido muito difícil para você.

— Não foi — minto, segurando com suavidade a parte de trás de sua cabeça, meus dedos enfiando-se através da seda de seu cabelo. Estudo seu rosto enquanto ela me encara, notando, então, como o sol muda seus olhos; suas íris parecem mais verdes na luz.

Azuis no escuro.

— Foi bom.

Ella não acredita nisso.

Suas mãos espalmam meus quadris enquanto ela se afasta, demorando-se antes de soltar.

— Eu estava tão ocupada tentando fazer tudo funcionar que nem mesmo...

Ela se interrompe, suas emoções alterando-se sem aviso:

— Ei — ela diz. — O que é isto?

— O que é o quê?

— Isto — diz ela, dando toquinhos na perna da minha calça de uma maneira que perturbaria Kenji por semanas. — Esta caixa.

— *Ah*.

Paro repentina e completamente, com o coração batendo forte enquanto a multidão surge ao nosso redor, várias pessoas gritando "parabéns" quando passam por nós. Alguém coloca uma tiara artesanal na cabeça de Ella, o que ela aceita com um aceno gracioso antes de tirá-la discretamente do cabelo.

Eles parecem saber que não devem me tocar.

De longe, ouço Winston bater palmas.

— Tudo bem, pessoal, basicamente chegamos. Juliette, você e Warner por f... Espera, onde está a Juliette?

— Estou aqui atrás!

— Por que diabos você está aí? — Kenji exclama.

Ouço resmungos fracos de Winston, mais palavras exasperadas de Kenji; tudo isso é seguido por sons suaves feitos por seus parceiros. A sequência seria cômica se eu estivesse com vontade de rir.

Em vez disso, virei pedra.

— Já estaremos lá! — Ella os tranquiliza. — Vocês podem começar a arrumar sem a gente!

— *Arrumar sem vocês?* Se eu descobrir que esse era o seu plano o tempo todo, princesa, a Nazeera vai chutar o seu traseiro.

— Não vou de jeito nenhum — ela grita alegremente. — Na verdade, eu apoio cem por cento vocês dois arrancando as roupas um do outro, se é isso que vocês planejaram!

— Ai, meu Deus, Nazeera…

— O quê?

— *Não os incentive* — gritam Kenji e Winston ao mesmo tempo.

— Por que não? — indaga Brendan. — Eu acho romântico.

Eles brigam um pouco mais enquanto minha mente gira. Sinto o contorno da caixa contra minha perna com mais intensidade do que nunca, um foco quadrado de calor na minha pele.

Isso está acontecendo fora de ordem.

Consigo me consolar com a lembrança de que nada a nosso respeito se desenrolou de maneira convencional. Eu não deveria ficar muito surpreso em descobrir que, também aqui, as coisas não estão indo conforme o planejado.

Se bem que eu não tinha realmente um plano.

Em um cenário ideal, eu a teria pedido em casamento com o anel; ela já deveria tê-lo no dedo. Em vez disso, agora estamos nos aproximando rapidamente do nosso casamento de verdade e eu ainda não dei o anel a ela. E, embora me ocorra que eu poderia encontrar uma maneira de me evadir de sua curiosidade agora, não sei se existe razão para prolongá-la. Não tenho ideia de para onde estamos indo. Não sei o que vai acontecer a seguir.

Posso nem mesmo ter tempo depois para fazer isso como tem que ser feito.

Engulo em seco, tentando conter minha apreensão. Não sei por que estou tão nervoso.

Não é verdade.

Eu sei por que estou nervoso. Estou preocupado que ela vá odiar e não sei o que vou fazer se ela odiar. Suponho que terei que devolver. Terei que me casar com ela sem anel, reconhecendo o tempo todo que sou um idiota de proporções astronômicas que nem conseguiu escolher um anel decente para a própria noiva.

Esses pensamentos inspiram em mim uma onda de pavor tão forte que fecho os olhos contra a força disso tudo.

— Aaron — diz Ella, e meus olhos se abrem, trazendo-me de volta ao presente.

Ela está sorrindo para mim.

Ella, eu percebo, já sabe o que há na caixa.

De alguma forma, isso me deixa mais nervoso. Observo ao redor, em busca de calma, e registro um instante tarde demais que estamos sozinhos. A multidão se dispersou na distância além de nós e, enquanto eu os vejo desaparecer — seus corpos ficando menores a cada segundo —, reconheço só agora que não tenho ideia de onde estamos.

Faço um balanço do nosso entorno: há estradas e calçadas pavimentadas não muito longe, árvores murchas plantadas em intervalos regulares. O ar tem um cheiro diferente — mais intenso — e o sol parece mais brilhante, livre dos bosques densos. Ouço aquele trinado familiar do canto dos pássaros e fito o céu mais uma vez, tentando me orientar. Minha mente procura mapas, diagramas, impressões, informações antigas. Esta área parece menos selvagem do que o Santuário, desnuda. Tenho certeza de que devemos estar invadindo um território antigo e não regulamentado, mas, como ainda parecemos estar dentro dos limites das proteções de Nouria, isso não pode ser possível. As luzes que delineiam nosso espaço do mundo exterior são claramente visíveis.

— Onde estamos? — pergunto. Por um momento, meu nervosismo é esquecido. — Isto não é...

— Podemos chegar lá em apenas um segundo — diz Ella, ainda sorrindo. Ela deixa cair a tiara artesanal no chão e dá um passo à frente, puxando a mão devagar pela minha coxa, traçando um círculo fraco ao redor do contorno da caixa. — Mas, primeiro, sinto que não tenho escolha a não ser fazer uma piada terrível sobre encontrar algo duro nas suas calças.

Passo a mão no rosto, vagamente mortificado.

— Por favor, não.

Ella luta para ficar séria, mordendo o lábio para não sorrir. Faz um gesto de trancar a boca e jogar a chave fora.

Na verdade, eu rio nesse momento, mas depois dou um suspiro e olho por um instante para um ponto ao longe.

— Então. O que tem na caixa? — ela pergunta, sua alegria tão brilhante que me ofusca. — É para mim?

— É.

Quando não faço nenhum movimento para pegar o objeto, ela franze a testa.

— Você pode... me dar?

Com grande relutância, puxo a caixinha de veludo do bolso, mas fico com o objeto apertado na mão com força por tanto tempo que Ella, por fim, toma-a de mim. Gentilmente, envolve os pequenos dedos no meu punho fechado.

— Aaron — ela diz. — O que foi?

— Nada. — Respiro fundo. — Não foi nada. Eu só... — eu me forço a abrir a mão, o coração ainda batendo forte. — Espero mesmo que você goste.

Ela sorri ao pegar a caixa.

— Tenho certeza de que vou adorar.

— Está tudo bem se não gostar. Você não precisa amar. Se odiar, sempre posso te comprar outra coisa...

— Sabe, não estou acostumada a ver você nervoso desse jeito. — Ela inclina a cabeça para mim. — É meio fofo.

— Eu me sinto um idiota — respondo, tentando sorrir, mas não conseguindo. — Embora eu fique feliz por você achar isso divertido.

Ela abre a caixa enquanto estou falando, sem dar tempo de eu me preparar antes que prenda a respiração, seus olhos se arregalando de espanto. Ela cobre a boca com uma das mãos, suas emoções tão descontroladas que mal consigo lê-las. Há muito de uma vez: choque, felicidade, confusão...

O esforço para não dizer nada quase me custa a sanidade.

— Onde você conseguiu isto? — ela pergunta, finalmente deixando a mão cair do rosto. Com cuidado, puxa o anel de noivado de seu encaixe e o examina de perto antes de olhar para mim. — Nunca vi nada assim.

— Mandei fazer — consigo dizer, meu corpo ainda tão tenso que é difícil falar. Ela não diz se gosta, o que significa que o torno em volta do meu peito se recusa a se soltar. Ainda assim, forço-me a recuperar a peça brilhante, pegando sua mão esquerda com muito cuidado. Minhas próprias mãos estão milagrosamente estáveis enquanto coloco o anel em seu dedo anelar.

O ajuste, como eu sabia que seria, é perfeito.

Tirei as medidas necessárias enquanto ela dormia profundamente, ainda se recuperando na tenda médica.

— Você *mandou* fazer? — Ella está olhando para sua mão, o anel refratando a luz, estilhaçando a cor por toda parte. A pedra central é grande, mas não tão extravagante, e se adapta perfeitamente.

Pelo menos é o que eu acho.

Eu a observo estudar o anel, virando a mão para a esquerda e para a direita.

— Como você fez isso? — ela indaga. — *Quando?* Achei que haveria uma aliança de casamento simples dentro, não achei...

— Há uma aliança de casamento dentro. São dois anéis.

Ela, então, olha para mim e vejo, pela primeira vez, que seus olhos estão cheios de lágrimas. A visão me corta direto no coração, mas traz consigo a esperança de alívio. Pode ser a única vez na minha vida que fico feliz em vê-la chorar.

Com grande apreensão, Ella reabre a caixa de veludo e retira lentamente de suas profundezas a aliança de casamento.

Levanta-a para o céu com a mão trêmula, analisando os detalhes. O aro de ouro escovado lembra um galho, tão delicado que parece quase feito de linha. Brilha ao sol, as duas folhas de esmeralda reluzindo sobre o galho infinito.

Ela a desliza em seu dedo, ofegando suavemente quando a joia se acomoda no lugar. A aliança foi desenhada para se encaixar perfeitamente no anel de noivado.

— As folhas... deveriam ser... como nós — digo, ouvindo o quanto isso soa estúpido quando falo em voz alta. Perfeitamente banal.

De repente, eu me odeio.

Mesmo assim, Ella não diz nada e não consigo mais segurar a pergunta:

— Você gostou? Se não gostar, eu sempre posso...

Ela fecha a caixa, joga os braços em volta do meu pescoço e me abraça com tanta força que sinto a pressão úmida da sua bochecha no meu queixo. Em seguida, afasta-se para salpicar meu rosto com beijos, meio rindo enquanto faz isso, limpando as lágrimas com as mãos trêmulas.

— Como você pode me perguntar uma coisa dessas? — indaga ela. — Nunca tive nada tão bonito em toda a minha vida. Eu amo esses anéis. Eu os amo demais. E sei que você provavelmente não pensou nisso quando os mandou fazer, porque você não pensaria, mas as esmeraldas lembram seus olhos. São deslumbrantes.

Eu pisco com a surpresa.

— Meus olhos?

— É — ela fala baixinho, sua expressão se suavizando. — E você está certo. Elas *são* como nós. Temos crescido um na direção do outro, vindos de lados opostos do mesmo caminho desde o início, não é?

O alívio me atinge como um opiáceo.

Eu a puxo nos meus braços e enterro o rosto em seu pescoço antes de beijá-la — suavemente no início — e nossos toques lentos e ardentes logo se transformam em algo completamente diferente. Ella está puxando a mão para debaixo da minha camisa de novo, minha pele aquecendo sob seu toque.

— Eu te amo — ela sussurra, beijando meu pescoço, minha mandíbula, meu queixo, meus lábios. — E nunca vou querer tirá-los. — Suas palavras são acompanhadas por uma paixão tão profunda que mal consigo respirar. Fecho os olhos sentindo as sensações aumentarem e espiralarem; o toque frio dos anéis no meu peito, batendo na minha pele como um fósforo.

O desejo logo desliga minha mente.

Ao nos separarmos, respiro com dificuldade, o calor derretido correndo nas minhas veias. Estou imaginando cenários muito pouco práticos para serem executados. Estar com Ella esta manhã foi como romper uma barragem. Eu tinha tanto medo de tocá-la enquanto ela estava se recuperando e, depois, tive medo de sobrecarregá-la nos dias seguintes. Queria ter certeza de que ela estava bem, que levou o tempo de que precisava para retornar ao seu estado normal, em seu próprio ritmo, sem ninguém ocupar seu espaço pessoal.

Mas agora...

Agora que ela está pronta — agora que meu corpo se lembra disso —, é, de repente, impossível me saciar.

— Estou muito feliz por você ter gostado dos anéis, meu amor — sussurro em sua boca. — Mas vou precisar pegar a aliança de volta.

— O quê? — ela questiona, afastando-se. Encara a mão, com o coração partido por um instante. — Por quê?

— Essas são as regras. — Ainda estou sorrindo quando toco seu rosto, roçando sua bochecha com os nós dos dedos. — Prometo que, depois de te dar este anel hoje, nunca mais vou pedir de volta.

Quando ela continua sem se mover, eu busco, sem olhar, a caixa fechada em seu punho direito.

Ela cede e abre a mão com grande relutância, suspirando enquanto dá um passo para trás para tirar a aliança do dedo. Abro a caixa recuperada, mostrando-a a ela, e, depois que ela coloca o anel de volta na caixa, fecho a tampa e coloco o objeto com segurança de volta no bolso.

Meu coração cresceu dez vezes seu tamanho nos últimos minutos.

— Acho melhor a gente ir, se você quiser ter isso de volta — digo, tocando sua cintura, em seguida, puxando-a para perto. Meus lábios estão em seu ouvido quando sussurro: — Vou me casar com você hoje. E, então, vamos fazer amor até você não se lembrar do seu nome.

Ella faz um som assustado e sem fôlego, as mãos apertando minha camisa. Então, puxa-me para mais perto e me beija, mordendo meu lábio inferior antes de reivindicar minha boca, tocando-me agora com um novo desespero; uma fome ainda não satisfeita. Ela pressiona seu corpo contra mim, duro e macio soldados juntos, e me perco nele, na embriaguez de saber o quanto ela quer.

O quando ela *me* quer.

Sua boca é quente e doce, seus membros, pesados de prazer. Ela arrasta a mão pela frente da minha calça e emito um som angustiado em algum lugar no fundo do meu peito. Pego seu rosto nas mãos enquanto ela me toca, aprofundando o beijo, com mais força, ainda incapaz de encontrar alívio. Ela parece estar me torturando de propósito — torturando a nós dois —, sabendo que não há nada que a gente possa fazer aqui, sabendo que há pessoas nos esperando...

— Ella — suspiro, a palavra praticamente um apelo quando me afasto, tentando, mas não conseguindo, esfriar minha cabeça, meus pensamentos. Não posso voltar para perto das pessoas agora, desse jeito. Nem consigo pensar direito.

Meus pensamentos estão descontrolados.

Não quero nada mais do que deixar Ella nua. Quero cair de joelhos e prová-la, fazê-la perder a cabeça de prazer. Quero que ela implore antes de eu fazê-la gozar, bem aqui, no meio do nada.

— Eu realmente acho que você não entende o que faz comigo, meu amor — digo, tentando me firmar. — Você não tem ideia do quanto eu te quero. Não tem ideia do que eu quero fazer com você agora.

Minhas palavras não surtem o efeito pretendido. Ella não vacila.

Seu desejo parece se intensificar mais a cada segundo. Que ela possa me querer assim — que eu possa inspirar nela o tipo de necessidade que ela inspira em mim...

Ainda parece impossível. E é viciante.

— *Você* não tem ideia — diz ela suavemente — de como me faz sentir quando me olha assim.

Sugo uma inspiração funda e instável quando ela me toca de novo, arrastando as mãos por seu corpo antes de deslizar a mão debaixo de seu suéter, subindo pela sinuosidade de seu colo. Ofega quando roço a curva suave e pesada de seus seios, o corpo dela respondendo em um instante ao meu toque.

Sua pele aqui, como em qualquer lugar, é como cetim.

— Nossa — suspiro. — Nunca me canso de você.

Ella balança a cabeça ao fechar os olhos, rendendo-se às minhas mãos.

— Kenji estava certo — ela diz, sem fôlego. — Não podemos ficar sozinhos juntos.

Beijo seu pescoço lentamente, provando-a ali, até que ela geme, mas não o suficiente para deixar uma marca. Então, ela me estende a mão, agarrando o botão da minha calça. Em meu delírio, deixo acontecer, esquecendo por um momento onde estamos ou o que precisamos fazer, até que sinto os dedos macios me envolverem — uma mão fria na minha pele febril — e minha cabeça quase pega fogo.

Estou a um instante de perder a cabeça. Quero tirar o suéter dela. Quero abrir seu sutiã. Quero que ela se desnude na minha frente antes que eu...

Isso é loucura.

O bom senso me é devolvido apenas por meio de uma reclamação brutal e angustiante do autocontrole, apenas o suficiente para que eu coloque a mão sobre a dela, forçando-me a respirar lentamente.

— Não podemos fazer isso aqui — insisto, odiando-me ao mesmo tempo em que digo isso. — Aqui não. Agora não.

Ela observa ao redor como se estivesse saindo de um sonho, o mundo real retomando o foco aos poucos. Aproveito a distração dela para me colocar no lugar, chocado ao perceber que estou a apenas alguns minutos de fazer algo imprudente.

A decepção de Ella é palpável.

— Preciso te levar pra cama, meu amor — digo, minha voz ainda rouca de desejo. — Eu preciso de horas. Dias. Sozinho com você.

Ela acena com a cabeça, o anel captando a luz quando ela vem em minha direção e desaba no meu peito.

— Sim. Por favor. Espero mesmo que você não esteja planejando dormir esta noite.

Eu rio disso, o som ainda um pouco trêmulo.

— Um dia teremos uma cama adequada — falo, beijando sua testa. — E então duvido que algum dia vá dormir de novo.

Ella recua repentinamente.

Seus olhos se arregalam com algo parecido com compreensão, depois deleite. Ela quase dá pulinhos no lugar antes de pegar minha mão e, com apenas uma exclamação aguda de excitação, puxa-me para a frente.

— Espere... Ella...

— Ainda tenho uma coisa pra te mostrar! — ela grita e começa a correr.

Não tenho escolha a não ser correr atrás dela.

Onze

No início, ouço apenas a risada de Ella, a alegria sem esforço de um momento despreocupado. O cabelo dela chicoteia ao redor enquanto ela corre, fluindo ao sol. Gosto dessa visão mais do que consigo explicar. Ela corre pelos vários metros restantes de terreno não urbanizado até o centro de uma rua abandonada, tudo com a desinibição de uma criança. Estou tão encantado com esta cena que demoro a registrar o grito distante de uma dobradiça sem graxa: a repetição do aço atritando em si mesmo. Meus pés finalmente atingem o pavimento enquanto a sigo pela estrada abandonada, o impacto das minhas botas no chão significando a mudança repentina de lugar com batidas duras e definitivas. O sol desce sobre mim enquanto corro, surpreendendo-me com sua gravidade, a luz não atenuada pelas nuvens ou pela cobertura de árvores. Desacelero conforme o rangido distante fica mais alto e, quando a fonte desse lamento enfim aparece, paro de repente.

Um parquinho.

Enferrujado e abandonado, um conjunto de balanços range enquanto o vento empurra os assentos vazios.

Eu já vi essas coisas antes; parquinhos eram comuns em uma época anterior ao Restabelecimento. Vi muitos deles nas minhas viagens por territórios não regulamentados. Na maioria das vezes, eram construídos em áreas onde havia grandes agrupamentos de casas. Bairros.

Parquinhos não eram conhecidos por ocorrerem aleatoriamente perto de áreas densamente arborizadas como o Santuário, nem eram construídos sem motivo no meio do nada.

Não pela primeira vez, estou desesperado para entender onde estamos.

Chego mais perto da estrutura enferrujada, surpreso por sentir uma nítida falta de resistência quando entro na área do parque assombrado. O parquinho é construído sobre um material que cede um pouco quando caminho, algo parecido com borracha, cercado de outra forma por pavimentos de concreto ancorados por bancos de metal, onde a pintura descasca em tiras afiadas. Existem longos trechos de terra além de seus contornos, onde, sem dúvida, a grama e as árvores floresciam.

Enrugo a testa.

Isso não poderia ser qualquer parte do Santuário — e não há dúvida de que ainda estamos sob a jurisdição de Nouria.

Então, analiso em volta, à procura de Ella.

Capto um vislumbre seu antes que ela desapareça em outra estrada mal pavimentada — o asfalto antigo e rachado — e me repreendo em silêncio por ter ficado para trás. Estou prestes a atravessar o que parecem ser os restos de um cruzamento de ruas, quando, de repente, ela está de volta, correndo, sua silhueta distante entrando no meu campo de visão, até que ela para.

Ela notou que eu tinha me afastado.

É um pequeno gesto — percebo ao mesmo tempo em que reajo a ele —, mas me faz sorrir. Eu a observo girar, procurando por mim na rua, e levanto a mão para que ela saiba onde estou.

Quando nossos olhos enfim se encontram, ela pula no lugar, acenando para que eu avance.

— Depressa — grita, colocando as mãos ao redor da boca.

Elimino a distância entre nós, analisando meus arredores enquanto o faço. As antigas placas de rua foram vandalizadas tão completamente que agora não fazem sentido, mas existem alguns semáforos ainda pendurados em intervalos determinados. Relíquias do antigo sistema de alto-falantes instalado nos primeiros dias do Restabelecimento também sobreviveram, as sinistras caixas pretas ainda afixadas em postes de luz.

No passado, as pessoas costumavam morar aqui.

Quando, enfim, chego a Ella, pego sua mão e ela imediatamente me puxa para a frente, mesmo estando um pouco sem fôlego. Correr sempre foi mais difícil para Ella do que para mim. Mesmo assim, resisto ao esforço dela de me arrastar junto.

— Meu amor — digo. — Onde estamos?

— Não vou te dizer — responde ela, radiante. — Embora eu tenha a sensação de que você já descobriu.

— Este é um território não regulamentado.

— Sim, é. — Seu sorriso é mais brilhante, mas, então, se apaga. — Bem, mais ou menos.

— Mas como…

Ela balança a cabeça antes de tentar me puxar para a frente de novo, agora com maior dificuldade.

— Nada de explicações por enquanto! Vamos, estamos quase lá!

Sua energia é tão efervescente que me faz rir. Eu a observo por um momento enquanto ela se esforça para me puxar, não muito diferente de um personagem de desenho animado. Imagino que deve ser frustrante para Ella não ser capaz de usar seus poderes comigo, mas então me lembro de que nunca faria algo assim, mesmo se pudesse; ela nunca me dominaria apenas para conseguir o que quer. Ela não é assim.

Ela é e sempre foi uma pessoa melhor do que jamais serei.

Então, eu a observo, seus olhos brilhando ao sol, o vento despenteando seus cabelos. Ela é uma visão de beleza, com as bochechas vermelhas de sentimento e de esforço.

— *Aaron* — chama, fingindo estar brava.

Não quero admitir para ela, mas acho isso adorável. Quando, por fim, ela solta minha mão, joga os braços para cima em sinal de derrota. Estou sorrindo enquanto coloco uma mecha de cabelo bagunçado pelo vento atrás de sua orelha; sua raiva fingida se dissipa em instantes.

— Você não quer mesmo me dizer nada sobre para onde estamos indo? — pergunto. — Nem um detalhe? Não tenho permissão para fazer nem mesmo uma pergunta esclarecedora?

Ela balança a cabeça em negativa.

— Entendo. E há alguma razão particular para nosso destino ser um segredo tão bem guardado?

— Isso foi uma pergunta!

— Certo. — Franzo a testa, semicerrando os olhos para um ponto ao longe. — Sim.

Ella coloca as mãos nos quadris.

— Você vai me fazer outra pergunta, não é?

— Eu só quero saber como Nouria conseguiu atrair um território não regulamentado para sua proteção. Também gostaria de saber por que ninguém me disse que ela tinha planos de fazer uma coisa dessas. E por que…

— Não, não, não posso responder a essas perguntas sem estragar a surpresa. — Ella solta um suspiro, pensando. — E se eu prometer explicar tudo quando chegarmos lá?

— Quanto falta para chegarmos?
— Aaron.
— Ok — digo, lutando contra uma risada. — Ok. Sem mais perguntas.
— Você jura?
— Juro.

Ela solta uma exclamação de alegria antes de me dar um beijinho rápido na bochecha e, em seguida, pegar minha mão novamente. Desta vez, deixo que ela me arraste para a frente, e a sigo, sem outra palavra, por uma estrada não sinalizada.

A rua se curva à medida que avançamos, sem vontade, mesmo agora, de revelar nosso destino. Ignoramos as calçadas, já que carros não são esperados aqui, mas ainda parece estranho estar andando no meio de uma rua, nossos pés seguindo as linhas amarelas desbotadas de outro mundo, evitando buracos pelo caminho.

Há mais árvores aqui do que eu esperava, mais folhas verdes e manchas de grama viva do que pensei que encontraríamos. São resquícios de outra época que ainda conseguem sobreviver, de alguma forma, apesar de tudo. A vegetação mole parece se multiplicar à medida que andamos, as árvores seminuas plantadas em ambos os lados da estrada esburacada sustentando galhos no alto para formar um túnel misterioso ao nosso redor. A luz do sol se estilhaça através da teia de galhos acima, lançando um caleidoscópio de luz e sombra em nossos corpos.

Sei que devemos estar chegando ao nosso destino quando a energia de Ella muda; suas emoções são uma confusão de alegria e nervosismo. Não demora muito para que a estrada morta finalmente se abra para uma visão ampla — e paro abruptamente.

Esta é uma rua residencial.

Quase uma dúzia de casas, cada uma com vários metros de distância, separadas por gramados mortos e quadrados. Meu coração palpita violentamente, mas isso não é nada que eu não tenha visto antes. É a visão de uma época passada; essas casas, como tantas outras em terreno não regulamentado, encontram-se em estado de decadência, sucumbindo ao tempo, às intempéries e ao abandono. Telhados desabando, paredes fechadas com tábuas, janelas quebradas, portas da frente penduradas nas dobradiças, todas semidestruídas. É como tantos outros bairros do continente, exceto por uma diferença extraordinária.

No centro há um lar.

Não uma casa — não um edifício —, mas um *lar*, recuperado dos destroços. Foi pintado em um tom de branco simples e de bom gosto — não branco demais —; as paredes e telhado reparados, a porta da frente e venezianas em um verde acinzentado clarinho. A visão me provoca um *déjà vu*; lembro-me imediatamente de outra casa de uma safra diferente, em um lugar diferente. *Azul cerúleo*.

A diferença entre elas, no entanto, é palpável de alguma forma.

A antiga casa dos meus pais era pouco mais que um cemitério, um museu das trevas. Esta casa é iluminada por possibilidades, as janelas grandes e brilhantes, e além delas: pessoas. Rostos e corpos familiares amontoados na sala da frente. Se eu me esforçar, posso ouvir as vozes abafadas.

Deve ser algum tipo de sonho.

O gramado está precisando desesperadamente de água; a única árvore no jardim da frente está murchando lentamente ao sol. Há um par de latas de lixo enferrujadas visíveis em um beco lateral, onde um gato de rua definha sob um raio de sol. Não me lembro da última vez que vi um gato. Sinto como se tivesse entrado em uma máquina do tempo, na visão de um futuro que me disseram que nunca teria.

— Ella — sussurro. — O que você fez? — Ela aperta minha mão; ouço sua risada.

Lentamente, eu me volto para ela, uma riqueza de sentimentos crescendo em mim com uma força tão grande que me assusta.

— O que é isso? — pergunto, quase incapaz de falar. — O que é isso que estou vendo?

Ella respira fundo, exalando enquanto junta as mãos. Está nervosa, eu percebo.

Isso me surpreende.

— Tive a ideia há muito tempo — explica ela —, mas não era viável naquela época. Sempre quis que pudéssemos recuperar esses bairros antigos; parecia um desperdício perdê-los completamente. Ainda teremos que demolir grande parte, porque a maioria está muito deteriorada para conserto, mas isso significa que podemos redesenhar melhor também... e amarrar tudo no novo pacote de infraestrutura, criando empregos para as pessoas. A propósito, tenho conversado com o nosso planejador urbano recém-contratado. — Ela sorri com entusiasmo. — Acabei não tendo oportunidade de te contar isso ontem. Esperamos reconstruir essas áreas em fases, priorizando a realocação de idosos e pessoas com deficiência ou outro tipo de necessidade. O Restabelecimento fez tudo o que pôde para jogar qualquer pessoa que considerou *inapta* nos asilos, o que significa que nenhum dos complexos que eles construíram fornecia provisões para idosos, enfermos ou órfãos... o que, quero dizer, é claro, você já sabe de tudo isso. — Ela desvia o olhar bruscamente nesse momento, passando os braços em volta do corpo. Quando volta a levantar os olhos, fico impressionado com a potência de sua dor e sua gratidão.

— Eu realmente não acho que já disse obrigada o suficiente por tudo o que você fez — diz ela, a voz falhando. — Você não tem ideia do quanto isso significou para mim. Obrigada. *Muito*.

Ela se joga nos meus braços e eu a seguro com força, ainda em um silêncio atordoado. Sinto todas as emoções dela de uma vez: amor, dor e medo, eu percebo, pelo futuro. Meu coração está martelando no peito.

Ella sempre se preocupou profundamente com o bem-estar das pessoas nos asilos. Depois de recuperar o Setor 45, ela e eu conversávamos tarde da noite sobre seus sonhos de mudança; ela costumava dizer que a primeira coisa que faria após a queda do Restabelecimento seria encontrar uma maneira de reabrir os antigos hospitais e encontrar pessoal para trabalhar neles — em antecipação à transferência imediata dos residentes dos asilos.

Enquanto Ella estava em recuperação, lancei essa iniciativa pessoalmente.

Começamos a equipar os hospitais recém-inaugurados não apenas com médicos e enfermeiros recuperados dos complexos, mas também com suprimentos e soldados das sedes dos setores locais em todo o continente. O plano é avaliar cada vítima nos asilos antes de decidir se precisam de tratamento médico contínuo e/ou reabilitação física. Qualquer pessoa saudável e capaz entre eles será devolvida aos cuidados de seus parentes vivos ou encontrará acomodações seguras.

Ella me agradeceu mil vezes por fazer isso, e em todas elas eu lhe assegurei que meus esforços foram nominais, na melhor das hipóteses.

Ainda assim, ela se recusa a acreditar em mim.

— Não há ninguém no mundo inteiro como você — diz ela, e posso praticamente sentir seu coração batendo entre nós. — Sou muito grata por você.

Essas palavras me causam uma dor intensa, um tipo de prazer que torna difícil respirar.

— Eu não sou nada — respondo. — Se consigo ser alguma coisa é só por sua causa.

— Não diga isso — ela fala, abraçando-me com mais força. — Não fale sobre si mesmo desse jeito.

— É verdade.

Eu nunca teria sido capaz de fazer as coisas tão depressa, se Ella já não tivesse decidido ver o contingente militar, um feito conquistado quase inteiramente por meio de boatos e fofocas sobre o tratamento que ela deu aos soldados do meu antigo setor.

Durante seu breve mandato no 45, Ella deu aos soldados permissão para se reunirem com suas famílias, alocou rações maiores para aqueles com filhos e removeu a execução como punição por qualquer infração, pequena ou grande. Ela regularmente ignora essas mudanças como se não fossem nada. Para ela, eram declarações casuais feitas durante uma refeição, uma jovem sacudindo um garfo enquanto se enfurecia contra a negação das dignidades fundamentais aos nossos soldados.

Mas essas mudanças foram radicais.

A compaixão descomplicada para até mesmo os soldados de infantaria de patente mais baixa rendeu a Ella a lealdade em todo o continente. Foi necessário pouco trabalho, no fim das contas, para convencer nossos soldados de infantaria norte-americanos — homens e mulheres — a receber ordens de Juliette Ferrars; eles agiram rapidamente quando lhes pedi que o fizessem em seu nome.

Seus superiores, no entanto, provaram ser uma luta totalmente diferente.

Mesmo assim, Ella ainda não percebe a quantidade de poder que exerce ou como seu ponto de vista muda significativamente a vida de tantos. Ela se recusa, como resultado, a qualquer reivindicação de crédito; atribuindo suas decisões ao que chama de "uma compreensão básica da decência humana". Eu lhe digo, vez ou outra, como é raro encontrar alguém entre nós que tenha retido tal decência. Há menos pessoas que podem olhar além de suas próprias lutas por tempo suficiente para testemunhar o sofrimento dos outros e uma quantidade ainda menor de gente que faria qualquer coisa a respeito.

O fato de Juliette Ferrars ser incapaz de se ver como a exceção faz parte do que a torna extraordinária.

Respiro fundo em preparação enquanto a seguro, ainda observando a casa de longe. Ouço o som abafado de uma risada, a agitação do movimento. Uma porta se abre em algum lugar, então se fecha, liberando som e clamor, vozes cada vez mais altas.

— Onde você quer essas cadeiras? — Ouço alguém gritar, e a resposta seguinte muito baixa para ser inteligível.

Tremores emocionais continuam a me destruir.

Eles estão preparando nosso casamento, percebo.

Na nossa casa.

— Não — sussurra Ella no meu peito. — Não é verdade. Você merece tudo de bom no mundo, Aaron. Eu te amo mais a cada dia e nem pensei que isso fosse possível.

Essa declaração quase me mata.

Ella se afasta e me encara, agora lutando contra as lágrimas, e mal posso olhar para ela por medo de fazer o mesmo.

— Você nunca reclama quando quero fazer as refeições com todo mundo. Nunca reclama quando passamos horas no QG à noite. Nunca reclama de dormir no chão do nosso quarto de hospital, o que você fez todas as noites pelas últimas quatorze noites. Mas eu te conheço. Sei que isso deve estar te matando. — Ela respira fundo e, de repente, não consegue mais encontrar meus olhos.

— Você precisa de tranquilidade — diz. — Precisa de espaço e privacidade. Quero que você saiba que sei disso... que eu te enxergo. Agradeço tudo o que você faz por mim e eu enxergo, enxergo cada vez que você sacrifica seu conforto pelo meu. Mas quero cuidar de você também. Quero te dar paz. Quero te dar um lar. Comigo.

Sinto um calor aterrorizante por trás dos olhos, uma sensação que sempre me forço a extirpar, a todo custo, e que hoje sou incapaz de derrotar totalmente. É muito; eu me sinto cheio demais; eu sou coisas demais. Desvio o olhar e respiro fundo, mas minha expiração é instável; meu corpo, instável; meu coração, descontrolado.

Ella olha para cima, lentamente no início, sua expressão suavizando ao ver meu rosto.

Então, me pergunto o que ela vê em mim. Eu me pergunto se ela é capaz de enxergar através de mim mesmo agora e logo me surpreendo pelo questionamento. Ella é a única que se preocupou em se perguntar se eu sou mais do que aparente.

Ainda assim, só consigo balançar a cabeça, não confiando em mim mesmo para falar.

Ella experimenta uma pontada aguda de medo no silêncio intermediário e morde o lábio antes de dizer:

— Eu estava errada? Você detestou?

— Detestei? — Afasto-me dela totalmente com isso, encontrando minha voz apenas quando um pânico estranho se apodera de mim, o que torna minha respiração difícil. — Ella, eu não...

eu não fiz *nada* para merecer você. A maneira como você faz com que eu me sinta, as coisas que me diz, é tudo assustador. Fico pensando sem parar que o mundo vai perceber, a qualquer segundo, o quanto sou completamente indigno. Fico esperando que algo horrível aconteça, algo para reajustar a balança e me levar de volta para o inferno, onde é o meu lugar, e então tudo isso simplesmente vai desaparecer. Você simplesmente vai desaparecer. Deus, só de pensar nisso...

Ella balança a cabeça.

— Você e eu... Aaron, pessoas como nós acham que as coisas boas vão desaparecer porque é assim que sempre foi. Coisas boas nunca duraram nas nossas vidas; a felicidade nunca durou. E, de alguma forma, só podemos esperar o que já experimentamos.

Estou sofrendo de ansiedade total agora. Meu corpo traidor se fecha e Ella pega minhas mãos para me ancorar.

Eu a encaro enquanto meu coração dispara.

— Mas você sabe o que percebi? — ela pergunta. — Percebi que temos o poder de quebrar esses ciclos. Podemos escolher a felicidade para nós mesmos e uns pelos outros e, se fizermos isso com frequência suficiente, vai acabar se tornando nosso novo normal e deslocar o passado. A felicidade vai parar de parecer estranha se a virmos todos os dias.

— Ella...

— Eu te amo — ela diz. — Eu sempre te amei. Não vou a lugar nenhum.

Eu a pego nos braços, puxando-a com força contra mim, respirando seu cheiro familiar. Quando ela está aqui, *bem aqui*, é muito mais fácil respirar. Ela é real quando está nos meus braços.

— Eu nem sei como te agradecer por isso — sussurro em seu cabelo, fechando os olhos contra o calor na minha cabeça, no meu peito. — Você não tem ideia do que isso significa para mim, meu amor. É o maior presente que alguém já me deu.

Então, ela ri, suave e gentil.

— Não me agradeça ainda — ela diz, olhando para cima. — A casa ainda precisa de muito trabalho. O exterior está em muito bom estado agora, mas o interior ainda é um desastre. Só conseguimos deixar um dos quartos pronto a tempo, mas foi...

— *Nós?* — Eu me inclino para trás, franzindo a testa.

Ella ri alto com a expressão no meu rosto.

— Claro que *nós* — ela diz. — Você achou que eu fiz tudo isso sozinha? Todos ajudaram. Todos renunciaram a muito do próprio tempo para fazer isso acontecer para você.

Eu balanço a cabeça.

— Se as pessoas ajudaram, elas fizeram isso por você — aponto. — Não por mim.

— Eles se preocupam com você também, Aaron.

— É uma mentira muito generosa — digo, sorrindo agora.

— Não é mentira.

— É possivelmente a maior mentira que você já disse.

— Não é! Até Ian ajudou. Ele me ensinou a fazer a estrutura de madeira da parede de gesso... e foi tão paciente... e você sabe o que ele sente por mim. Nouria também ajudou. Bem, Nouria, em especial. Não poderíamos ter feito nada disso sem ela.

Acho isso especialmente surpreendente, dada sua aversão indisfarçável por minha existência.

— Ela trouxe esta área para a proteção dela? Só para mim?

Ella acena com a cabeça e, então, franze a testa.

— Bem, sim. Quer dizer, mais ou menos. Também faz parte de um plano maior.

Meu sorriso se alarga com isso.

— Sério? — digo.

O envolvimento de Nouria — e dos demais — faz muito mais sentido se este projeto for de fato a pequena parte de uma iniciativa mais ampla, embora eu guarde essa suposição para mim. Ella parece ser incapaz de acreditar no quanto todos aqui me odeiam, e não gosto de desiludi-la dessa noção.

— Vamos construir um campus para o Santuário — ela explica —, e esta é a primeira fase. Enviamos batedores, que fizeram várias visitas ao local; estas são as casas em melhor estado e mais funcionais na área circundante, porque algumas delas foram empregadas em vários usos pelo comandante-chefe e regente do setor local, além de seus subordinados.

Ergo as sobrancelhas, fascinado.

Ella nunca me contou sobre isso. Está claramente escondendo esse projeto de mim há dias — o que é, e ao mesmo tempo não é, preocupante. Parte de mim está aliviada por finalmente entender a distância que senti entre nós, enquanto a outra parte gostaria que eu tivesse me envolvido.

— Então, sim, recuperamos vários hectares de território não regulamentado aqui — explica ela. — Todos eles, até algumas semanas atrás, estavam sob controle militar. Percebi que, enquanto precisarmos de segurança absoluta, o que pode demorar um pouco, não podemos viver como se estivéssemos na prisão. Precisaremos expandir o Santuário e dar ao nosso povo uma vida real e viável aqui.

Ella acrescenta com um suspiro:

— Vai ser um longo caminho para a recuperação. O trabalho vai ser brutal. O mínimo que posso fazer é dar abrigo adequado, privacidade e comodidade àqueles que dedicam suas vidas à sua reconstrução. Quero reconstruir todas as casas desta área primeiro. Depois, construir escolas e um hospital adequado. Podemos proteger algumas das terras não urbanizadas originais, transformando-as em parques. Espero que um dia se torne um campus privado, uma nova capital, à medida que reconstruímos o mundo. E, então, talvez um dia, quando as coisas estiverem mais seguras, poderemos derrubar nossas paredes e nos reunir com o público em geral.

— Uau.

Eu me afasto dela por um momento para olhar de um lado para o outro na rua, então para longe. O que ela está descrevendo é um empreendimento enorme. Não posso acreditar quanto espaço eles já foram capazes de recuperar.

— Esta é uma ideia notável, Ella. De verdade. É brilhante. — Olho para ela, forçando um sorriso. — Eu só queria ter ajudado.

— Eu queria muito falar sobre isso — diz ela, franzindo as sobrancelhas. — Mas não pude dizer nada porque sabia que você gostaria de ver a área e, então, teria notado os materiais de construção, e aí você ia querer saber por que tantas pessoas estavam trabalhando tanto nesta casa, e você gostaria de saber quem ia morar nela…

— Eu não teria feito tantas perguntas. — Ela me lança um olhar severo. — Não, você está certa — concordo. — Eu teria arruinado a surpresa.

— ei!

Eu me viro ao som de uma voz familiar. Kenji está contornando o quintal lateral da casa. Ele está segurando uma cadeira dobrável com uma das mãos e acenando com o que parece ser um ramo de algum tipo de flor com a outra.

— Vocês dois vão entrar ou o quê? Brendan está reclamando de perder a luz ou algo assim… ele diz que o sol estará a pino em algumas horas, o que aparentemente é muito ruim para fotos…?

De qualquer forma, Nazeera também está ficando impaciente; ela disse que a J precisa começar a se arrumar logo.

Fico olhando para Kenji, depois para Ella, perplexo. Ela já está perfeita.

— Se arrumar como?

— Tenho que colocar meu vestido — ela diz e ri.

— E se maquiar! — Kenji grita do outro lado da rua. — Nazeera e Alia dizem que precisam fazer a maquiagem dela. E algo sobre o cabelo.

Fico rígido.

— Você tem um vestido? Mas eu pensei…

Ella me beija na bochecha, interrompendo-me.

— Ok, talvez a gente tenha mais algumas surpresas ao longo do dia.

— Não tenho certeza se meu coração aguenta mais surpresas, meu amor.

— Que tal esta surpresa? — questiona Kenji, encostado na cadeira dobrável. — Esta linda merda bem aqui? — Ele aponta para a casa dilapidada ao lado. — Esta é minha.

Isso tira o sorriso do meu rosto.

— Isso mesmo, amigo. — Kenji está sorrindo agora. — Vamos ser vizinhos.

Doze

Ella é logo levada para longe por um tornado de mulheres — Nazeera, Alia e Lily — que vem correndo porta afora em um enxame, envolvendo-a em suas profundezas antes que eu tivesse a chance de dizer um adeus apropriado.

Há pouco mais do que um leve chiado antes de Ella desaparecer.

Encontro-me sozinho em frente ao que ainda estou processando como sendo *minha própria casa*, minha mente girando, o coração disparado, quando Kenji se aproxima de mim.

— Vamos lá, cara — diz ele, ainda sorrindo. — Você também tem coisas pra fazer.

Eu olho para ele.

— Que tipo de coisas?

— Bem, em primeiro lugar, isto é para você — diz ele, oferecendo-me o pequeno raminho que notei em sua mão antes. — É para a sua lapela. É como um, você sabe... como um... um...

— Eu sei o que é uma flor de lapela — falo rigidamente. Aceito o pequeno arranjo, examinando-o agora com surpresa. É uma única gardênia aninhada contra um conjunto de bom gosto de suas próprias folhas brilhantes, as hastes amarradas com um pedaço de fita preta, perfuradas com um alfinete. O pequeno buquê é elegante e chocantemente perfumado. As gardênias são de fato uma das minhas flores favoritas.

Então, olho para Kenji, incapaz de esconder minha confusão. Ele encolhe os ombros.

— Não olhe para mim, cara. Não tenho ideia de que tipo de flor é. A J apenas me disse o que ela queria.

— Espere. — Eu franzo a testa em resposta a isso, mais confuso a cada instante. — Foi *você* quem fez isso?

— Eu apenas fiz o que ela me pediu para fazer, beleza? — ele diz, erguendo as mãos. — Então, se você detestou a flor, vai lá falar com a sua noiva, porque não é culpa minha…

— Mas de onde veio esta flor? Também vi pessoas com flores mais cedo e não entendi onde…

— Ah. — Kenji solta as mãos. Ele me encara por um momento antes de explicar: — A antiga sede do setor. Você se lembra de como sempre tinham esses raros arranjos de flores lá no 45? Nunca sabíamos onde ou como eles estavam sendo adquiridos, mas todo mundo sempre achava estranho que o QG pudesse conseguir orquídeas extravagantes ou qualquer outra coisa, enquanto os civis não conseguiam colocar as mãos em muito mais do que dentes-de-leão. De qualquer forma, foi ideia da Juliette, na verdade. Ela recomendou que rastreássemos o cara das flores que costumava atender aos pedidos do Restabelecimento nesta região. Ele nos ajudou a conseguir tudo de que precisávamos, mas as flores só foram entregues ontem à noite. Outra razão pela qual J queria adiar.

— Certo. — Sinto-me atordoado. — Claro.

Meu espanto não tem nada a ver com descobrir que Ella é tão impressionante e engenhosa quanto eu sempre soube que ela era; não, eu simplesmente sou incapaz de acreditar que alguém iria tão longe para fazer coisas para *mim*.

Ainda estou meio zonzo enquanto tento prender a flor no suéter, quando Kenji levanta a mão de novo.

— Hum… não faça isso ainda — diz ele. — Vamos.

— Por quê?

— Porque, cara, ainda temos coisas pra fazer.

Ele se vira como se fosse partir, mas continuo plantado no chão.

— Que tipo de coisas? — insisto.

— Você sabe. — Ele faz um gesto indecifrável, franzindo a testa para mim. — Tipo coisas do casamento?

Eu me sinto tenso.

— Se o propósito da minha pergunta ainda não ficou evidente para você, Kishimoto, permita-me ser bem claro agora: estou pedindo a você que seja específico.

Ele ri disso.

— Você já fez qualquer coisa que alguém te pedisse sem indagar um milhão de perguntas antes?

— Não.

— Certo. — Ele ri com nervosismo. — Beleza. Bem, a J provavelmente vai ficar fazendo cabelo e maquiagem por um tempo, o que significa que você pode nos ajudar a terminar de arrumar o quintal. Mas, primeiro, Winston tem uma surpresa pra você.

— Não, obrigado.

Kenji pisca.

— O que você quer dizer com *não, obrigado*?

— Não quero mais surpresas — falo, meu peito apertando com o mero pensamento. — Não aguento mais surpresas.

— Ouça, eu consigo entender, de verdade, o que você pode estar sentindo agora. — Ele suspira. — Sua cabeça deve estar girando. Tentei falar pra ela; eu disse que não era uma boa ideia fazer um casamento-surpresa pra alguém, mas enfim. Ela apenas faz as coisas dela. De qualquer forma, é uma boa surpresa, prometo. Além disso, posso fazer um pequeno tour pela sua nova casa.

É esta última frase que me arranca de onde eu estou. Há um conjuntinho de degraus até a casa, e os subo devagar, meu coração batendo com nervosismo enquanto analiso ao redor. Na frente, há uma varanda, de tamanho considerável, com vigas e uma cerquinha recém-pintadas, uma área decente para colocar uma mesa e algumas cadeiras quando o tempo estiver bom. As grandes janelas que flanqueiam a porta de entrada são acentuadas com o que parecem ser venezianas verdes acinzentadas que funcionam, e a porta foi pintada com a mesma cor, para combinar. Lentamente, abro a porta — que foi deixada entreaberta — e cruzo a soleira, agora com uma trepidação ainda maior. O piso de madeira range quando entro no hall, e o ruído e a comoção da sala param repentina e assustadoramente assim que apareço.

Todo mundo se vira para me olhar.

A batida de tambor que é meu peito se acentua, e me sinto, por um momento, flutuando nesse mar de incertezas. Estou sem palavras; nunca fui preparado, em toda a minha vida, para lidar com um cenário tão estranho.

Tento pensar, então, no que Ella faria.

— Obrigado — digo no silêncio. — Por tudo.

A multidão irrompe em gritos e vivas, a tensão desaparece em um instante. As pessoas gritam parabéns no meio do barulho, e, quando meus nervos começam a relaxar, sou capaz de distinguir seus rostos individuais — alguns eu reconheço, outros não. Adam é o primeiro a acenar para mim de um canto distante, e noto, então, que ele está com o braço livre em volta da cintura de uma jovem de cabelos loiros.

Alia.

Eu me lembro do nome dela. É uma garota dolorosamente quieta, que faz parte da trupe que buscou Ella antes — e uma das amigas de Winston. Hoje, ela parece excepcionalmente alegre e feliz. Adam também.

Aceno para ele em resposta, e ele sorri antes de se virar para sussurrar algo no ouvido de Alia. Então, James aparece, quase do nada, batendo, insistente, no braço de Adam, após o que os três se envolvem em uma breve e silenciosa discussão, que termina com Alia assentindo com fervor. Ela beija Adam na bochecha antes de desaparecer em uma sala no final do corredor, e fico observando a porta dessa sala muito depois de ela se fechar.

Ella deve estar ali dentro.

Pelo que parece um tempo perigosamente longo, sinto-me paralisado no lugar, estudando as paredes e as janelas imperfeitas de uma casa que é minha, que será minha hoje, esta noite, amanhã.

Não posso acreditar.

Eu poderia beijar esse chão apodrecido.

— Vem comigo — diz Kenji, sua voz me tirando do meu estupor. Ele me conduz pela pequena casa como se tivesse percorrido esses caminhos uma centena de vezes, e percebo então que, de fato, ele percorreu.

Todos esses dias ele vem trabalhando neste projeto. Para Ella. Para mim.

Experimento uma pontada aguda e perturbadora de culpa.

— Alô? — Kenji acena com a mão diante do meu rosto. — Você quer ver a cozinha ou não? Quer dizer, eu não recomendo, porque a cozinha provavelmente precisa de mais trabalho, mas, ei, é a sua casa.

— Não preciso ver a cozinha.

— Ótimo, então vamos direto ao ponto. Winston primeiro, depois o quintal. Parece bom pra você? Você nunca parece ter problemas para trabalhar de terno, então acho que hoje também não vai ser um problema.

Eu suspiro.

— Não tenho problemas em ajudar no trabalho manual, Kishimoto. Na verdade, eu teria ficado feliz em ajudar há mais tempo.

— Ótimo, bem, é isso que gostamos de ouvir. — Kenji me dá um tapa nas costas e eu cerro os dentes para não o matar.

— Tudo bem — diz ele. — Então, não vou torturá-lo com mais incógnitas, porque não acho que você realmente goste de surpresas. Também acho que você deve ser o tipo de cara que gosta de poder pré-visualizar as coisas; ajuda a controlar a ansiedade de ficar no escuro; então vou guiá-lo neste passo a passo. Tudo bem pra você?

Eu paro repentinamente e olho para Kenji como se nunca o tivesse visto antes.

— O quê?

— O que *o quê*?

— Como você sabia que eu não gosto de surpresas?

— Cara, você está esquecendo que presenciei você ter um ataque de pânico. — Ele bate na cabeça. — Eu sei algumas coisas, ok?

Estreito os olhos para ele.

— Ok, bem... — Ele limpa a garganta pigarreando. — Estamos trabalhando com uma médica agora, uma das mulheres que lideram as avaliações de alta para os residentes do asilo, e ela é, tipo, absurdamente inteligente. Tem todos os tipos de coisas interessantes a dizer sobre esses pacientes e tudo o que eles passaram. Enfim, você deveria falar com ela. Tínhamos um paciente que foi liberado: saudável, bom, totalmente normal, para retornar à família, mas esse cara não conseguia entrar em um avião sem ter um grande ataque de pânico. O médico estava explicando a Sam que, para algumas pessoas, entrar em um avião é assustador porque elas precisam ser capazes de confiar que o piloto vai conseguir controlar o avião, e algumas pessoas simplesmente não conseguem confiar assim. Elas não conseguem ceder o controle. De qualquer forma, me fez pensar em você.

Odeio essa comparação com todo o meu ser, e digo isso a ele.

— Sou perfeitamente capaz de entrar em aviões — indico.

— Sim, eu sei, mas você sabe o que quero dizer, não sabe? Em linhas gerais?

— Não.

Kenji suspira.

— Só estou dizendo que eu acho que talvez ajude você a saber exatamente o que vai acontecer depois. Você gosta de estar no controle. Não gosta de não saber das coisas. Você deve gostar de imaginar as coisas na sua cabeça antes que elas aconteçam.

— Você teve uma única conversa com um médico e agora acha que é capaz de praticar psicanálise comigo?

— Eu não estou... — Kenji ergue os braços. — Sabe de uma coisa? Tanto faz. Vamos. Winston está esperando.

— Espera.

Kenji olha para mim, irritação estampada em seu rosto.

— O quê?

— Pode haver um pequeno grão de verdade no que você disse. Um grão muito, muito pequeno.

— *Eu sabia* — diz ele, apontando para mim. — Eu disse isso pra ela também, falei, tipo, uau, você realmente deveria falar com esse cara que a gente conhece, ele poderia se beneficiar de uma bela ajuda pra resolver alguns...

— Você não fez isso. — Um músculo salta na minha mandíbula. — Me diga que você não disse isso a ela de verdade.

— Eu super disse isso pra ela. Ela é uma moça inteligente e acho que pode ter algumas coisas realmente interessantes pra te dizer. Ela estava falando sobre alguns desses internos e os problemas que estavam enfrentando, e pensei, *meu Deus, você poderia muito bem estar descrevendo o Warner agora.*

— Entendo — digo e faço um sinal afirmativo com a cabeça. — Eu deveria apenas matar você aqui, não acha? Na minha própria casa. No dia do meu casamento. Pode ser o seu presente para mim.

— *Isto*, bem aqui! — Ele estende os braços. — Este é um exemplo perfeito! Você não sabe como resolver problemas sem recorrer ao assassinato! Como você não enxerga nisso um problema? — ele balança a cabeça. — Não sei, cara, você realmente pode querer considerar…

Respiro fundo, olhando para o teto.

— Pelo amor de Deus, Kishimoto. Onde está o Winston e o que ele quer comigo?

— Alguém disse meu nome? — Winston põe a cabeça para fora de uma porta no corredor à frente. — Entre. Estou pronto pra você.

Lanço um olhar mordaz para Kenji antes de recuar pelo corredor, olhando para a nova sala com alguma preocupação. Parece ser uma espécie de quarto, embora precise urgentemente de trabalho. E pintura. Winston montou o que parece ser um pequeno centro de comando: uma mesa dobrável encardida exibindo uma seleção artisticamente organizada de gravatas, gravatas-borboleta, abotoaduras e meias. Eu fico olhando para ele, começando a entender, mas sou distraído por um odor estranho e pungente que só parece se acentuar conforme mais passo tempo aqui.

— O que diabos é esse cheiro? — pergunto, franzindo a testa para o velho painel de madeira.

— Sim — diz Winston, encolhendo os ombros. — Não sabemos. Achamos que há um rato morto dentro da parede. Ou talvez alguns ratos mortos.

— O quê? — Olho para ele com jeito brusco.

— *Ou!* — diz Kenji, astuto. — Ou é só mofo!

— Um deleite de alternativa.

— Ok. — Winston bate palmas, radiante. — Podemos falar sobre os ratos amanhã. Você está pronto para ver seu terno?

— Que terno?

— Seu terno de casamento — esclarece Winston, olhando para mim agora com uma expressão estranha no rosto. — Você não achou que ia se casar com as roupas que está vestindo, não é?

— Não, não são roupas bonitas — acrescenta Kenji. — Para ser sincero.

Eu encontro os olhos de Winston.

— Não fui capaz de prever uma única coisa que ia acontecer comigo hoje. Como eu poderia saber que você conseguiu salvar meu terno de casamento dos destroços? Ninguém me disse.

— Não o salvamos dos destroços — fala Winston, rindo. — Eu fiz um novo pra você.

Isso me deixa brevemente sem palavras. Fico olhando para Winston, então para Kenji.

— Você fez um terno novo pra mim? Como? Por quê? *Quando?*

— O que você quer dizer? — Winston ainda está sorrindo. — Não poderíamos deixar você se casar sem um terno adequado.

— Mas como você achou tempo? Você deve ter...

— Ficado acordado a noite toda? — Brendan enfia a cabeça para dentro da sala e, então, entra. — Terminando a maior parte do trabalho à mão? Sim, Winston ficou acordado a noite toda por sua causa. Quase nem dormiu. É por isso que não foi muito legal da sua parte ser tão grosso com ele hoje de manhã.

Eu olho de Brendan para Winston e Kenji.

Não tenho ideia do que dizer e estou pensando exatamente em como responder quando Adam e James aparecem na porta, dois conjuntos de nós dos dedos batendo em um *staccato* rápido na moldura.

— Oi! — cumprimenta James, abandonando a porta e seu irmão para invadir meu espaço pessoal. — Eles disseram que sou a única criança permitida no casamento?

— Não.

— Bem, eu sou. Eu sou a única criança permitida no casamento. Meus amigos estão com muita inveja agora porque estão todos presos na aula.

— E há algum motivo particular — pergunto com cuidado — para abrirem uma exceção para você?

James revira os olhos e avança para mim, abraçando-me bem no meio do meu tronco em uma demonstração de autoconfiança sem precedentes, que me choca e paralisa por um breve instante.

— Parabéns — ele diz no meu suéter. — Estou muito feliz por vocês.

Devo lembrar que James não é apenas — biologicamente — meu irmão, mas também uma criança e não merece ser rejeitada. Dou um tapinha na cabeça dele com um único movimento endurecido, o que arranca uma risada de Kenji, um suspiro de Winston, o silêncio atordoado de Brendan e o espanto boquiaberto de Adam.

Pigarreio e me desconecto de James da maneira mais delicada que consigo.

— Obrigado — agradeço.

— De nada — ele responde, radiante. — Obrigado por me convidar.

— Eu não convid...

— Então! — Adam me interrompe, tentando evitar um sorriso, mas sem obter sucesso. — Nós só, hum, viemos verificar alguns detalhes com você. — Ele olha para James. — Certo, amigão?

James concorda.

— Certo.

— Em primeiro lugar: alguém falou com você sobre seus votos? Você prefere os tradicionais ou quer dizer algo...

— Ele escolhe os tradicionais — diz Kenji, respondendo por mim antes que eu tenha a chance de falar. — Eu já disse ao Castle. — Ele se vira para me encarar. — Castle é quem vai presidir a cerimônia, a propósito. Você sabe disso, né?

— Não — respondo, olhando para ele. — Eu não sabia, mas o que te faz pensar que eu não quero escrever meus próprios votos? — ele encolhe os ombros.

— Você não me parece o tipo de cara que gosta de se colocar diante de uma multidão e abrir o coração. Mas estou feliz por estar errado — diz ele. — Se você quiser escrever os próprios votos e dizê-los na frente de uma tonelada de gente, a maioria sendo gente que você mal conhece, e dizer para a Juliette que o rosto dela te lembra o nascer do sol, sem problemas. O Castle é flexível.

— Eu prefiro me empalar em um espeto.

— Sim. — Kenji sorri. — Foi isso que pensei.

Kenji se vira para fazer uma pergunta a Adam, algo sobre a logística da cerimônia, e fito sua nuca, confuso.

Como?, quero perguntar. *Como você sabia?*

Winston desdobra uma sacola de roupas, pendura-a em uma porta próxima e abre o zíper enquanto Brendan desenterra uma caixa de sapatos de um armário encardido.

Adam diz:

— Ok, ainda tenho algumas perguntas para o Warner, mas preciso confirmar com Castle sobre os votos, então a gente volta, e eu vou descobrir sobre a música…

E sinto como se tivesse entrado em uma estranha realidade alternativa, em um mundo ao qual nunca pensei que pertenceria. Eu nunca poderia ter previsto que, de alguma forma, em algum lugar ao longo deste caminho tumultuado…

Eu ganharia amigos.

Treze

O quintal dos fundos é um retângulo modesto de terra arrasada, a grama esparsa e ressecada bem obscurecida por uma seleção de cadeiras dobráveis de madeira gastas pelo tempo, a disposição dividida ao meio por um corredor artificial, todas voltadas para um arco de casamento feito à mão. Duas grossas estacas cilíndricas de madeira de três metros, cada uma, foram cravadas no solo, o espaço vazio de um metro e meio entre elas delimitados no topo por um galho rústico de árvore cortado, as juntas amarradas por corda. Esse caramanchão de construção tosca é decorado com uma robusta seleção de flores silvestres coloridas; folhas e pétalas tremulam com a brisa suave, infundindo o ar da manhã com sua fragrância combinada.

A cena é simples, mas, ao mesmo tempo, de tirar o fôlego, e fico imobilizado ao vê-la.

Estou em um terno de três peças verde-escuro perfeitamente cortado, camisa branca e gravata preta. Meu terno original era preto, a pedido; Winston me disse que decidiu usar esse tom de verde profundo porque achou que combinaria com meus olhos e contrastaria com meu cabelo dourado. Eu queria discutir com ele, mas fiquei genuinamente impressionado com a qualidade de seu trabalho e não protestei quando me entregou um par de sapatos pretos de couro envernizado para combinar. Distraído, toco a gardênia afixada na minha lapela, sentindo o peso sempre presente da caixa de veludo contra minha coxa.

Há mesas dobráveis dispostas ao longo do lado oposto do quintal ainda esperando por suas toalhas, e fui incumbido de limpá-las. Também fui encarregado de cuidar das mesas e cadeiras que precisam ser dispostas dentro das salas de estar e de jantar, ainda sem mobília, onde a recepção deve acontecer mais tarde, à noite, depois de um intervalo pós-cerimônia, durante o qual nossos convidados trocarão de turno de trabalho, cuidaremos das coisas na base e Ella e eu teremos a chance de tirar fotos.

Tudo isso soa tão perfeitamente humano que me deixa doente.

Como resultado, não fiz nenhuma das coisas que me pediram. Não consigo me mover deste lugar, olhando para o arco do casamento, onde logo devo ficar de pé e esperar.

Eu me agarro às costas de uma cadeira, segurando-me com força enquanto o peso das revelações do dia me aspira, afogando-me em suas profundezas. Kenji está certo; eu não gosto de surpresas. Isso é fundamentalmente verdade, mas, ainda assim… eu queria ser o tipo de pessoa que gosta de surpresas. Quero viver uma vida assim, ser capaz de resistir a momentos inesperados de bondade da pessoa que mais amo no mundo. Só que não sei o que fazer com essas experiências; meu corpo não sabe como aceitá-las ou digeri-las.

Estou tão feliz que é fisicamente desconfortável; estou tão cheio de esperança que parece deprimir meu peito, parece forçar o ar para fora dos pulmões.

Respiro fundo contra esse sentimento, forçando-me a ficar calmo enquanto faço, repetidamente, a ginástica mental necessária para me lembrar de que meus medos são irracionais, quando sinto a aproximação de uma energia nervosa familiar.

Eu me viro com cuidado para encontrá-la, surpreso por ela ter me procurado.

— Oi — diz Sam, tentando sorrir. Ela está bem-vestida; até parece ter tentado algo como maquiagem, suas pálpebras brilhando na luz suave da manhã. — Grande dia.

— Sim.

— Ouça, me desculpe. — Ela suspira. — Eu não queria atacar você daquele jeito ontem à noite. Sério, eu não queria.

Faço um aceno positivo com a cabeça, então desvio o olhar e o deixo se perder ao longe. Este quintal é separado do vizinho por apenas uma cerca de madeira curta e deteriorada. Kenji, sem dúvida, vai passar o resto de nossas vidas me atormentando por cima dela.

Sam suspira de novo, mais alto dessa vez.

— Sei que você e eu nem sempre concordamos — diz ela —, mas espero que talvez, se nos conhecermos melhor, isso mude.

Levanto os olhos, analisando Sam.

Ela está sendo sincera, mas acho sua sugestão improvável. Percebo Nouria na periferia da minha visão, aninhada com seu pai e outras três pessoas, e mudo meu olhar em sua direção. Ela está usando um vestido tubinho simples em um tom esverdeado que valoriza sua pele escura. Parece estar feliz — sorrindo —, o que até eu sei que é raro para Nouria hoje em dia.

Sam segue minha linha de visão, parecendo entender para onde foram meus pensamentos.

— Sei que Nouria é um pouco dura com você às vezes, mas ela anda sob uma pressão louca ultimamente. Ela nunca teve que supervisionar tantas pessoas ou tantos detalhes, e o Restabelecimento foi muito mais difícil de ser desconstruído do que pensávamos. Você nem pode imaginar.

— Não posso? — Quase sorrio, mas minha mandíbula está tensa. — Você me acha incapaz de entender o peso do fardo que carregamos agora?

Sam desvia o olhar.

— Eu não disse isso. Não foi o que eu quis dizer.

— Nossa posição é pior do que precária — digo a ela. — E seja lá o que você pense de mim… tudo o que você acha que entende sobre mim… só estou tentando ajudar.

Pela terceira vez, Sam suspira.

Agora, mais do que nunca, nós, do Santuário, deveríamos ser aliados, mas Sam e Nouria passaram a me detestar nas últimas semanas porque eu as desafio a cada passo, recusando-me a concordar com suas táticas ou ideologias quando percebo que há falhas nelas — e não querendo concordar apenas para passar pano.

Elas acham isso fundamentalmente irritante, e eu não me importo.

Eu me recuso a fazer qualquer coisa que possa colocar a vida de Ella em risco, e deixar nosso movimento falhar seria exatamente isso.

— Quero que a gente tente de novo — Sam fala, com firmeza férrea, quando encontra meus olhos. — Quero que a gente comece de novo. Temos brigado muito ultimamente, e acho que você concordaria comigo que não é sustentável. Devemos estar unidos agora.

— Unidos? De forma deliberada, Nouria me fez pensar que eu não poderia me casar. De propósito, ela manipulou a verdade para fazer a situação parecer terrível, apenas para me ferir. Como essas maquinações mesquinhas podem formar qualquer base para a unidade?

— Ela não estava tentando te ferir. Estava tentando te proteger.

— Em que realidade alternativa isso poderia ser verdade? A raiva de Sam aumenta.

— Sabe qual é o seu problema?

— Sei. A lista é longa.

— *Ai, meu Deus* — ela diz, a irritação crescendo. — Este, *este* é exatamente o seu problema. Você acha que sabe tudo. Você não coopera, é intransigente e já decidiu que descobriu tudo. Você não sabe como fazer parte de uma *equipe*...

— Você e Nouria não sabem aceitar críticas construtivas.

— Críticas construtivas? — Sam me olha boquiaberta. — Você chama sua crítica de *construtiva*?

— Você é livre para chamar do que quiser — digo, indelicado. — Mas me recuso a ficar em silêncio quando acredito que você e Nouria estão fazendo as escolhas erradas. Vocês se esquecem o tempo todo de que fui criado no Restabelecimento, desde a infância do sistema, e que há muito que entendo sobre a mecânica mental dos nossos inimigos; mais do que você está disposta a considerar...

— Tudo bem aqui? — Castle pergunta, caminhando em nossa direção. Seu sorriso é incerto. — Não estamos falando sobre trabalho agora, estamos?

— Oh, está tudo bem — Sam diz, com a expressão alegre. — Eu estava apenas lembrando Warner o quanto Nouria fez para manter ele e Juliette seguros no dia do casamento. Um evento que, acho que todos concordamos, os tornaria mais vulneráveis a uma ameaça externa.

Fico repentinamente imóvel.

— Bem, sim — Castle concorda, confuso. — Claro. O senhor já sabe disso, não é, sr. Warner? A notícia do seu casamento iminente estava começando a se espalhar, e temíamos as possíveis repercussões para o senhor e para a sra. Ferrars em um dia tão feliz.

Ainda estou olhando para Sam quando digo baixinho:

— Foi por isso que todos vocês mentiram para mim ontem?

— Nouria achou que era fundamental que nós convencêssemos *você* — diz Sam, rigidamente —, mais do que qualquer outra pessoa, que não se casariam hoje. Os filhos dos comandantes supremos souberam do casamento antes de partirem, e Nouria temeu que até mesmo o sopro de uma conversa sobre o assunto ontem pudesse ser interceptado nas suas comunicações diárias, o que nós queríamos ter certeza de que você levaria adiante normalmente. As notificações que Juliette enviou ontem à noite foram feitas em código.

— Entendo — falo, olhando uma vez mais para Nouria, que agora está em uma conversa profunda com as gêmeas Sonya e Sara, ambas segurando o que parecem ser pequenas malas pretas.

Eu deveria me sentir comovido por esse gesto de proteção, mas o fato de que elas sentiram que não poderiam confiar em mim a respeito desse assunto faz pouco para melhorar meu humor.

— Você sabe que poderia só ter me pedido para não dizer nada, não é? Eu sou perfeitamente capaz de discrição…

— O que está acontecendo entre vocês dois? — Castle franze a testa. — Esta não é a energia que eu esperava de nenhum de vocês em…

— Senhor? — Ian está parado na porta de tela deslizante, o único ponto de acesso do quintal para a casa, e gesticulando agitado para Castle avançar. — Você pode vir aqui por favor? Agora?

Castle franze a testa, então olha para mim e depois para Sam.

— Teremos muito tempo para discutir assuntos desagradáveis mais tarde, vocês entenderam? Hoje é um dia de festa. *Para todos nós.*

— Oh, não se preocupe — diz Sam para Castle. — Tudo vai ficar bem… certo, Warner?

— Talvez — digo, sustentando seu olhar.

Sam e eu não dissemos mais nada, e Castle balança a cabeça antes de ir embora, deixando-nos sozinhos para desfrutar de um momento desconfortável de silêncio.

Sam respira fundo repentinamente.

— De qualquer forma — diz ela em voz alta, olhando ao redor agora em busca de uma saída. — Dia emocionante. Muitas felicidades e tudo.

Minha mandíbula aperta. Estou salvo da necessidade de responder a este desempenho fraco de civilidade pelo latido abrupto e agudo de um cão, acompanhado pela bronca tímida de um humano.

Tanto Sam quanto eu giramos em direção aos sons.

Um animal que mal reconheço está arranhando loucamente a porta de tela, latindo — para mim, especificamente — a vários metros de distância. O que antes era uma pele sarnenta e um pelo emaranhado agora são uma cobertura de um marrom saudável, com um toque inesperado de branco; essa conquista é prejudicada por sua coleira vermelha brilhante e a tiara ridícula que combina com ela, o acessório indigno coroado com um grande laço carmesim, no topo da cabeça do animal. A autora do crime está parada logo atrás do cachorro, uma jovem alta e ruiva implorando desesperadamente ao filhote que se acalme.

Kenji tinha dito que o nome dela era Yara.

Ela luta em vão; a criatura não liga para ela, apenas late sem parar, o tempo todo pateando, ansiosa, a porta de tela — *a minha porta de tela* — que, sem dúvida, destruirá se não parar logo com isso.

— Deixe-o sair — eu lhe digo, minha voz se propagando no espaço até lá.

A jovem se assusta com isso e logo se atrapalha para destravar a porta de tela. Quando ela afinal consegue abrir, o animal quase se lança porta afora, puxando-a junto com ele.

Ao meu lado, Sam faz um som mal abafado de desgosto.

— Não sabia que você odiava animais — digo sem olhar para ela.

— Ah, eu amo animais. Os animais são humanos melhores do que as pessoas.

— Não discordo.

— Chocante.

Eu me viro para encará-la, surpreso.

— Por que você está tão brava?

Sam suspira e acena discretamente para Yara, que responde com entusiasmo ao mesmo tempo em que é arrastada em nossa direção.

Levanto as sobrancelhas para Sam.

— Oh, não me olhe assim — diz ela, irritada. — Você não tem ideia do que Nouria e eu tivemos que administrar desde que você chegou. Ficou cem vezes pior depois que todos decidiram que você era algum tipo de herói. Foi um momento muito difícil e chocante para nós perceber que tantas pessoas que respeitávamos eram superficiais.

— Se isso faz você se sentir melhor — digo, respirando fundo ao levantar a mão na direção de Yara —, eu também não gosto.

— Balela — Sam diz automaticamente, mas sinto seu lampejo de incerteza.

Baixo minha voz enquanto Yara se aproxima de nós.

— Você gostaria de ser reduzida a nada além de suas pegadas físicas, forçada o tempo todo a absorver o peso das emoções indecentes de estranhos que te avaliam e te despem com os olhos?

Sam se enrijece ao meu lado. Ela se vira e olha para mim, seus sentimentos dispersos e confusos. Eu a sinto me reexaminando.

— Oi! — Yara cumprimenta, parando na nossa frente.

Ela é uma jovem objetivamente gentil; reconheço isso enquanto luto contra uma onda de repulsa. Yara fez ao animal — e, por extensão, a mim — uma grande cortesia que não precisava ter feito por um estranho em tão pouco tempo. Ainda assim, seus sentimentos são generosos e desconcertantes, alguns deles eloquentes o bastante para me causar um desconforto físico.

O cachorro tem a sabedoria de parar aos meus pés.

Ele levanta uma pata, hesitante, como se fosse me tocar, e eu lhe dou um olhar penetrante, após o qual a pata recua. No silêncio que se interpõe, o cachorro me encara com olhos grandes e escuros, o rabo balançando furiosamente.

— Foi muita gentileza cuidar do animal — digo a Yara, ainda olhando para o cachorro. — Ele parece muito melhor agora.

— Ah, foi um prazer — diz ela, hesitando antes de acrescentar: — Você está… você está muito, muito bonito hoje.

Meu sorriso é contrito.

Não quero sentir o que ela está sentindo agora. Não quero saber dessas coisas, nunca, mas especialmente não no dia do meu casamento.

Eu me curvo para encarar o cachorro e passo a mão de leve sobre sua cabeça, e ele se inclina, ansioso. Ele me cheira, fareja a palma da minha mão, e me afasto antes que o animal decida me lamber. Em vez disso, decido verificar sua coleira; há uma única moeda de metal pendurada na tira vermelha, e eu a aperto entre dois dedos para examiná-la melhor.

Diz: CÃO.

— É assim que você disse que queria chamá-lo, não é? — Yara ainda está sorrindo. — *Cão?*

Então, olho para ela; encontro seus olhos mesmo contra o meu melhor julgamento, e seu sorriso estremece.

Sam sufoca uma risada.

— Sim — digo, devagar. — Acho que eu disse algo assim.

Yara sorri.

— Bem, ele é todo seu agora. Parabéns pelo casamento e tudo o mais.

Eu me levanto bruscamente.

— O quê?

— Ah, e parece que ele já foi castrado, então acho que já teve uma família antes. Você fez uma grande escolha. Não sei que tipo de cachorro ele é. Sem dúvida é uma mistura de alguma coisa, mas não é totalmente selvagem, e acho que vai ser um bom…

— Me parece que você interpretou a situação de maneira gravemente errada. Eu não quero um cachorro. Só queria que você lavasse o animal e talvez o alimentasse…

Sam está dando uma risada aberta agora, e eu me viro para encará-la.

— Você acha isso engraçado? O que eu devo fazer com um cachorro?

— Hum, eu não sei… — Ela me lança um olhar incrédulo. — Dar a ele um lar de amor?

— Não seja ridícula.

— Eu… eu sinto muito — diz Yara, os olhos se arregalando de pânico. — Achei que ele fosse o *seu* cachorro… não achei que fosse… quero dizer, ele não obedece a ninguém e parece realmente apegado a você…

— Não se preocupe, Yara — Sam diz com delicadeza. — Você foi ótima. O Warner só não esperava que você fosse tão generosa, e ele está meio, hum, sobrecarregado por tanta gratidão nesse momento. Não é, Warner? — Ela se vira para mim. — Yara foi muito gentil de trazer o… *Cão* aqui todo lavado e pronto para o dia do seu casamento. Não foi?

— Muito gentil — digo, minha mandíbula tensa.

Yara olha com nervosismo na minha direção.

— Sério?

Por um breve instante, encontro seus olhos.

— Mesmo.

Ela fica vermelha.

— Yara, por que você não fica com o... — Ela luta contra a vontade de sorrir — *Cão* até o fim da cerimônia? Talvez você devesse dar comida para ele.

— Ah, claro. — Yara me lança um último olhar furtivo antes de puxar suavemente a guia do animal. O cachorro começa a gemer, então late enquanto ela tenta persuadi-lo, um pé de cada vez, a voltar para a casa.

Volto os olhos para o céu.

— Isso é imperdoável.

— Por quê? — Posso praticamente ouvir o sorriso de Sam. — Aposto que Juliette adoraria ter um cachorro.

Eu olho para Sam.

— Sabe, uma vez vi um cachorro vomitar, e depois ele começou a *comer* seu próprio vômito.

— Ok, mas...

— E então vomitar. De novo.

Sam cruza os braços.

— Esse era um cachorro.

— Uma vez, outro cachorro defecou bem na minha frente enquanto eu patrulhava um complexo.

— Isso é perfeitamente normal...

— Depois disso, ele não hesitou antes de comer as próprias fezes.

Sam cruza os braços.

— Tudo bem. Bem. Isso ainda é melhor do que as coisas horríveis que vi os humanos fazerem.

Uma onda repentina de comoção me impede de responder. As pessoas estão começando a correr, passando por nós para espalhar flores silvestres no corredor gramado. Sonya e Sara, de vestidos verdes idênticos, tomam posições adjacentes ao arco do casamento, suas malas pretas em algum outro lugar. Em suas mãos, elas seguram violinos e arcos combinando, cuja visão me paralisa de novo. Sinto aquela dor familiar no peito, algo parecido com medo.

Está começando.

— Mas você está certa — falo baixinho para Sam, imaginando, pela centésima vez, o que Ella pode estar fazendo dentro de casa.

— Ela adoraria ter um cachorro.

— Espere. Desculpe, você acabou de dizer que eu estava certa sobre alguma coisa?

Solto uma respiração pronunciada. Parece quase uma risada.

— Você sabe — diz Sam, pensativa. — Acho que esta pode ser a conversa mais agradável que você e eu já tivemos.

— Então seus padrões são muito baixos.

— Quando se trata de você, Warner, meus padrões têm que ser baixos.

Consigo sorrir em resposta a isso, mas ainda estou distraído. Castle caminha em direção ao arco agora, um pequeno caderno com capa de couro na mão, um ramo de alfazema preso à lapela. Ele acena para mim ao se encaminhar, e eu só posso ficar olhando, sentindo de repente que não consigo respirar.

— Eu já a vi, a propósito — Sam diz baixinho.

Eu me viro para encará-la.

— A Juliette. — Sam sorri. — Ela está linda.

Estou lutando para formular uma resposta a isso quando sinto a aproximação de uma presença familiar; sua mão pousa no meu braço e, pela primeira vez, eu não vacilo.

— Ei, cara — diz Kenji, materializando-se ao meu lado em um terno surpreendentemente elegante. — Está pronto? Não tem muita gente para o casamento, então não vamos fazer uma procissão, o que significa que a J vai aparecer nesse corredor a qualquer momento. A Nazeera acabou de nos dar o aviso de dez minutos...

Kenji para a frase no meio, distraído como se fosse uma deixa, pela própria Nazeera. Ela vem em direção ao arco do casamento, alta, de passo firme em um vestido cor-de-rosa de tecido vaporoso. Ela sorri para Castle, que retribui também sorrindo; Nazeera se posiciona ao lado do arco, ajustando a saia enquanto se acomoda no lugar.

Tornou-se assustadoramente claro para mim o local exato onde se espera que Ella se posicione em breve. Onde *eu* devo estar em breve.

— Mas não terminei com as toalhas de mesa — digo — nem com os assentos lá dentro...

— É, eu percebi. — Kenji respira fundo, desviando o olhar de Nazeera para me encarar. — Enfim, não se preocupe. Nós cuidamos disso. Você parecia realmente ocupado parado por meia hora, olhando para o nada. Não queríamos interromper.

— Tudo bem, acho que devo ir — Sam diz, oferecendo-me um sorriso verdadeiro e genuíno. — A Nouria guardou um lugar para mim. Boa sorte lá.

Faço que sim com a cabeça enquanto ela se vai, surpreso ao descobrir que, apesar da longa estrada pela frente, pode haver esperança de uma trégua entre nós, afinal.

— Ok. — Kenji bate palmas. — Vamos começar pelo começo: você precisa ir ao banheiro ou algo assim antes de começarmos? Pessoalmente, acho que você deve ir, mesmo que não ache que precisa, porque seria muito estranho se você de repente...

— Silêncio.

— Tudo bem! — Kenji diz, batendo a mão na testa. — Que pena, cara, esqueci… você nunca precisa usar o banheiro, né?

— Não.

— Não, claro que não. Porque isso seria humano, e nós dois sabemos que, secretamente, você é um robô.

Suspiro, resistindo à vontade de correr minhas mãos pelo cabelo.

— Sério, alguma coisa que você precisa fazer antes de subir lá? Você está com a aliança, né?

— Não. — Meu coração bate furiosamente agora. — E sim.

— Então está bem. — Kenji acena em direção ao arco do casamento. — Vá em frente e fique a postos embaixo daquela coisa florida. O Castle vai te mostrar o lugar exato onde você deve ficar…

Eu me viro bruscamente para encará-lo.

— Você não vem comigo? — Kenji fica imóvel com isso, sua boca um pouco aberta. Eu percebo, um momento tarde demais, exatamente o que acabei de sugerir; mesmo assim, não consigo evitar a pergunta nem explicar por quê.

Neste momento, não parece importar.

Neste momento, não consigo sentir minhas pernas.

Kenji, um ponto a seu favor, não ri da minha cara. Em vez disso, sua expressão relaxa por micrômetros, e seus olhos escuros me avaliam daquela forma cuidadosa que eu detesto.

— Vou — ele diz, por fim. — Claro que eu vou com você.

Quatorze

A luz do sol desvia dos meus olhos, o brilho ofuscante muda, cintilando através de uma teia de galhos nus enquanto uma brisa suave se move pelo quintal, agitando as folhas, saias e pétalas de flores. O perfume da gardênia afixada na lapela sobe e enche minha cabeça, inebriante. A gola afiada da camisa raspa meu pescoço; a gravata parece muito apertada. Aperto as mãos na minha frente para não a ajustar, minhas palmas roçando a lã do terno, o tecido macio e leve, e, ainda, de alguma forma, abrasivo, sufocando-me enquanto estou aqui com sapatos rígidos afundando lentamente na grama morta, olhando um mar de pessoas que vêm testemunhar o que pode ser um dos momentos mais publicamente vulneráveis da minha vida.

Acho que não consigo respirar.

Acho que não consigo distinguir os rostos, mas posso senti-los, as cápsulas emocionais individuais que compõem as pessoas aqui presentes, o frenesi coletivo de seus pensamentos e sentimentos me oprimindo em uma sensação avassaladora que me tira o fôlego e inunda minha cabeça, já caótica. Sinto que estou começando a entrar em pânico — minha frequência cardíaca aumenta rápido — enquanto tento digerir esse barulho, desligar o nervosismo e a excitação das outras pessoas. É uma luta até mesmo para me ouvir pensar, para desenterrar minha própria consciência. Tento, desesperadamente, encontrar uma âncora nessa loucura.

É quase impossível.

Sonya e Sara erguem seus violinos, trocando um olhar antes de uma das irmãs, Sonya, assumir a liderança, lançando-se na abertura do "Cânone em Ré Maior" de Pachelbel. Sara logo a acompanha, e as notas evocativas e comoventes preenchem o ar, inflamando no meu peito uma onda de emoção que só intensifica minha apreensão e deixa meus nervos tão tensos que eles doem. Eu engulo, forte, e meu pulso dispara, batendo perigosamente rápido. Minhas mãos parecem faiscar e desvanecer com o sentimento, formigando quente e frio, e cerro os punhos.

— Ei, cara — sussurra Kenji ao meu lado. — Você está bem?

Balanço a cabeça um centímetro.

— Qual é o problema?

Posso sentir Kenji estudando meu rosto.

— Ah, *merda*, você está tendo um ataque de pânico?

— Ainda não — consigo dizer. Fecho os olhos, tento respirar. — Está muito barulho aqui.

— A música?

— *As pessoas.*

— Ok. Ok. Merda. Então você pode, tipo, sentir tudo o que eles estão sentindo agora? Certo. *Merda.* Claro que pode. Ok. Tá, o que eu devo fazer? Quer que eu fale com você? Que tal eu apenas falar com você? Por que não se concentra apenas em mim, no som da minha voz? Tente apagar todo o resto.

— Eu não sei se isso vai funcionar — digo, respirando fundo. — Mas posso tentar.

— Legal. Ok. Em primeiro lugar, abra os olhos. A Juliette vai sair em alguns minutos e você não vai querer perder. O vestido dela é incrível. — Ele sussurra isso, sua voz alterada apenas o suficiente para que eu possa dizer que ele está tentando não mover os lábios. — Não posso dizer nada sobre isso, porque, você sabe, é para ser uma surpresa, mas tanto faz, estamos jogando surpresas pela janela agora porque se trata de uma emergência, e eu tenho a sensação de que, assim que você a vir, seu cérebro vai fazer aquela coisa assustadora de superfoco que sempre faz. Você sabe, como quando você ignora literalmente todo mundo ao seu redor... e então você vai começar a se sentir melhor porque, hum, sim... — Ele ri, nervoso. — Sabe de uma coisa? Estou começando a perceber neste segundo que, hum, quando ela está por perto, você nem parece notar as outras pessoas, então, hum... até lá eu posso... sim, vou apenas descrevê-la para você, porque, como eu disse, ela vai estar linda. O vestido dela é, tipo, muito, muito bonito, e eu nem sei nada sobre vestidos, então isso deve te dar uma ideia.

O som da voz dele é uma estranha tábua de salvação.

Quanto mais ele fala, enchendo minha cabeça de bobagens facilmente digeríveis, sinto meu ritmo cardíaco começar a diminuir, o punho de ferro em volta dos meus pulmões começar, pouco a pouco, a se abrir.

Forço meus olhos a se abrirem, e a cena logo fica embaçada, entra e sai de foco, a batida do meu coração ainda alta na minha cabeça. Olho para Kenji, que está virado para a frente, seu rosto em repouso como se nada estivesse errado. Isso ajuda a me fincar na terra, de alguma forma, e consigo me recompor por tempo suficiente para olhar o corredor coberto de pétalas.

— Então, o vestido de Juliette é, hum, tipo, muito brilhante, mas também tem uma aparência muito suave. Winston e Alia tiveram que criar um modelo em muito pouco tempo — explica Kenji —, mas eles puderam reaproveitar um vestido aí que vocês compraram no centro de abastecimento ontem. Havia muito, tipo, tecido macio e transparente, não sei como se chama...

— Tule.

— Sim. Tule. Sim. Tanto faz. De qualquer forma, a Alia passou a noite toda, tipo, primeiro de tudo, tornando-o mais bonito, e depois costurando umas continhas brilhantes por toda parte, mas, tipo, de um jeito legal. É muito bonito. E tem, tipo, essas mangas de tule que não são realmente mangas... elas meio que caem do ombro... Ei, isso está ajudando?

— Está — falo, respirando fundo pela primeira vez em minutos.

— Ótimo, então. Mangas bonitas, e... e, você sabe, tem uma saia longa e fofa... Ok, sim, me desculpe, cara, mas estou meio que sem saber como descrever o vestido da Juliette, mas... Ah, ei, aqui está uma curiosidade: você sabia que a Sonya e a Sara costumavam ser, tipo, jovens virtuosas, antes, pré-Restabelecimento?

— Não.

— É, então... elas começaram a tocar violino quando mal tinham saído das fraldas. Muito legal, né? A Nazeera nos ajudou a confiscar os violinos que elas estão usando hoje de antigas propriedades do Restabelecimento. Elas estão tocando essa música de *memória*. Eu não sei como se chama, mas tenho certeza de que é algo chique, de algum velho morto...

— Claro que você sabe como se chama — digo, ainda olhando para a frente. — Todo mundo sabe.

— Bem, *eu* não sei.

— Esta é a obra do compositor alemão Johann Pachelbel — explico, lutando para não franzir a testa. — Muitas vezes é chamada de "Cânone de Pachelbel em Ré Maior", porque foi feita para ser tocada em ré maior. Você não sabe nada sobre música?

— Não, eu nem sei o que diabos você acabou de dizer.

— Como você pode...

— Tudo bem, cala a boca, quem se importa? A música está mudando, você ouviu? Quando fica alto assim? Isso significa que ela vai sair a qualquer segundo agora...

Os convidados se levantam quase de uma só vez, uma rajada de respirações e corpos se levantando, esticando o pescoço e, por um momento, não consigo mais vê-la.

E então, de repente, eu a vejo.

O alívio me atinge como uma rajada e me deixa tão instável de repente que me preocupo, por um momento, que talvez eu não consiga.

Ella parece estar envolta em teia de aranha, brilhando e cintilando na luz suave. Seu vestido tem um corpete cintilante estruturado que flui em uma saia macia e magnífica, seus braços nus, exceto por fragmentos delicados de tule que caem de seus ombros e roçam sua pele.

Ela está luminosa.

Nunca a vi usar maquiagem e não tenho ideia do que eles fizeram com seu rosto, exceto que ela agora está linda a ponto de ser irreal, seu cabelo em um elegante arranjo no topo da cabeça, um longo véu enfeitando seus ombros, fluindo com ela enquanto ela caminha.

Ela não parece pertencer a este mundo, ou a este quintal lúgubre, ou a esta vizinhança dilapidada, ou a este planeta em ruínas. Ela está acima disso. Acima de todos nós. Uma faísca de luz separada do sol.

Um calor perigoso se forma atrás dos meus olhos e eu me forço a lutar contra ele, para manter a calma, mas, quando me vê, ela sorri, e quase perco a luta.

— Eu disse que era um vestido bonito — sussurra Kenji.

— Kenji.

— Sim?

— Obrigado — agradeço, ainda olhando para Ella. — Por tudo.

— De nada — diz ele, sua voz mais suave do que antes. — Este é o início de um novo capítulo para todos nós, cara. Para todo mundo. Este casamento está fazendo história agora. Você sabe disso, né? Nada nunca mais vai ser o mesmo.

Ella desliza na minha direção, quase ao meu alcance. Sinto meu coração bater forte no peito, a felicidade ameaça me destruir. Estou sorrindo agora, sorrindo como o mais comum dos homens, olhando para a mulher mais extraordinária que já conheci.

— Acredite em mim — sussurro. — Eu sei.